केसरिया से लाल तक...

रजत कौशल

notionpress.com

INDIA • SINGAPORE • MALAYSIA

ISBN 979-8-88704-858-1

अनुक्रमणिका

अध्याय: १

भय या भ्रम

केसरिया…सिर्फ इसी रंग का वर्चस्व पूरे आकाश में पसरा हुआ था। कुछ-कुछ आसमानी और श्वेत रंग की भी झलक देखने को मिल रही थी। सूरज अपनी लालिमा लिए मानो बादलों के पीछे से झाँकने की पुरजोर कोशिश में लगा हुआ था। जल्द ही सूर्योदय होने वाला था।

यह दृश्य राजीव की आँखों को बड़ा ही लुभा रहा था। वह अपनी भोजन-की-मेज के पास बैठा चाय की चुस्कियों के साथ-साथ इस मनोरम दृश्य का लुत्फ़ उठा रहा था। उसकी भोजन-की-मेज को घर की पूर्व की दिशा में बनी हुई खिड़की के साथ लगाकर इस तरह से रखा गया था कि वहाँ से वह प्रतिदिन उगते हुए सूर्य को निहारते हुए अपनी पहली चाय का आनंद उठा सके।

राजीव की उम्र लगभग चौंतीस-पैंतीस वर्ष की रही होगी। वह एक बहुत ही सुडौल कद-काठी का स्वामित्व रखता था। कद करीब छह फुट, गोरा रंग, साफ़ दाढ़ी, अंडाकार चेहरा, सर के बाल मध्यम लम्बाई के, जो कि थोड़े से बिखरे हुए थे। थोड़ी सी तीखी नाक, हरे रंग की आँखें जिसमे थोड़े- थोड़े भूरे रंग की झलक भी देखी जा सकती थी।

उसने सफ़ेद रंग की आधे-फ्रेम वाली ऐनक, नीले रंग की कॉलर वाली टी-शर्ट और एक घुटने तक की लम्बाई वाली काले रंग की पतलून पहनी हुई थी, जिसमे सफ़ेद रंग से चौखडियों वाली डिज़ाइन बनी हुई थी।

ठीक इसी समय सुशीला (राजीव की पत्नी) रसोईघर (जो कि भोजन-कक्ष से लगा हुआ ही था) में सुबह का नाश्ता बनाने में व्यस्त थी।

अब तक सूर्य बादलों को चीर कर बाहर आ चुका था और चहुंओर अपनी रोशनी की किरणें बिखेरने में लग गया था। देखते ही देखते राजीव को आभास ही न हुआ कि वह कब अपने बीते हुए समय के ख़्यालों में ग़ोता लगाने लग गया।

---- आज से लगभग एक वर्ष पहले की ही तो बात है, जब राजीव, सुशीला और अक्षत (उनका तीन वर्ष का बेटा) दिल्ली शहर के पास के इस क्षेत्र में रहने आये थे।

वास्तविक तौर पर राजीव 'गोरखपुर' (उत्तर प्रदेश में स्थित एक शहर) का निवासी था। कई दूसरे लोगों की तरह वो भी 'दिल्ली' में अपनी पढ़ाई के सिलसिले में आया था। इस आशा में कि तत्पश्चात कोई नौकरी कर लेगा, जिसके सहारे वो अपने जीवन यापन के साथ-साथ अपने परिवार को भी आर्थिक सहायता प्रदान कर पायेगा। राजीव के परिवार में ज्यादा सदस्य नहीं थे, बस उसका एक छोटा भाई 'धीरज' और उसके पिताजी 'रसिक लाल' ही थे। उसकी माताजी 'अन्नपूर्णा' का कई वर्ष पहले 'अयोध्या' नामक शहर में एक दुर्घटनावश

देहांत हो गया था, जब उसके माता-पिता भारत के धार्मिक स्थलों के भ्रमण पर निकले थे। माताजी के निधन के पश्चात्, मानो उसके पिताजी ने एक चुप्पी सी साध ली थी। किसी भी वार्तालाप में वे दो-चार शब्दों से ज्यादा नहीं बोलते थे। ऐसा प्रतीत होता था जैसे उनकी आवाज ने भी राजीव की माताजी की तरह ही इस दुनिया से विदा ले ली हो।

सेवानिवृत्ति से पहले रसिक लाल 'इलाहाबाद-विश्वविद्यालय' में एक प्रोफेसर की हैसियत से कार्यरत थे। एक समय था जब उनके भाषण प्रेरणा के श्रोत माने जाते थे। परन्तु अब ऐसा प्रतीत होता था जैसे वे अपने वक्तव्य से प्रभावशाली विचारों को रखने में असमर्थ हो गए हों । पहले तो लोग तथा उनके छात्र उनको सुनते समय तालियां मारने से मानो थकते ही न थे। फिर वे किसी भी विषय पर चर्चा कर रहे हों, चाहे राजनीति हो, समाज पर व्यंग्य हो, दर्शनशास्त्र हो, या फिर विवाहित जोड़ों पर चुटकुले ही क्यों न हों। यहाँ तक की राजीव की माताजी भी उन चुटकुलों को मजे लेकर सुना करती थीं। लेकिन अयोध्या वाली दुर्घटना के बाद मानो सब बदल गया था, कुछ ऐसा प्रतीत होता था जैसे उन्हें अब ज्यादा बोलना-बताना रास न आता था।

रसिक लाल अभी भी अपने छोटे बेटे धीरज के साथ गोरखपुर में रह रहे थे जबकि राजीव दिल्ली-विश्वविद्यालय से अपनी स्नातक की पढ़ाई करने के लिए दिल्ली आ गया था। शुरूआती दिनों में वह अपनी पढ़ाई के साथ-साथ आस-पास के कुछ स्थानीय बच्चों को पढ़ा दिया करता था, जिससे उसकी

जेबख़र्ची का पर्याप्त प्रबंध हो जाता था। तत्पश्चात कड़े प्रयासों से उसका एक 'विपणन और प्रतिस्पर्धा प्रबंधन' से जुड़े संगठन में चयन हो गया।

नौकरी करते हुए अभी छः माह ही बीते होंगे कि सगे-सम्बन्धियों की तरफ से उसके लिए विवाह के प्रस्तावों का ताँता लग गया। इन बढ़ते हुए प्रस्तावों के कारण राजीव पर भी दिन- प्रतिदिन दबाव बढ़ता गया। करीब साढ़े-चार साल पहले उसका विवाह सुशीला के साथ निश्चित किया गया। सुशीला, राजीव के पिता रसिक लाल के मित्र की पुत्री थी और वे लोग भी उत्तर प्रदेश में ही स्थित एक शहर 'जौनपुर' के निवासी थे। सुशीला के पिता भी इलाहाबाद-विश्वविद्यालय में प्रोफेसर रह चुके थे।

सुशीला एक बहुत ही सरल स्वभाव की लड़की थी। कद करीब पांच फुट चार इंच होगा, गोल चेहरा और गहरी काली आँखें। उसके कमर से नीचे तक के लम्बे बाल ही तो थे जिन्होंने राजीव का मन मोह लिया था, जब पहली बार वह अपने पिता के साथ उसके घर गया था।

विवाह के पश्चात सुशीला भी राजीव के साथ दिल्ली आ गयी। राजीव ने पहले से ही अपने मित्रों की सहायता से एक किराये का घर ढूँढ लिया था।

हर किराये की जगह की कुछ खूबियां, तो कुछ खामियां भी होती हैं । हमारी मानवीय प्रकृति के आधार पर बात करें

तो यह कहना अनुचित नहीं होगा कि हमारा ध्यान खामियों की तरफ थोड़ा अधिक ही जाता है। कुछ ऐसी ही खामियों के कारणवश शुरू से ही राजीव और सुशीला एक ऐसा घर तलाश करने की कोशिश में जुट गए थे जिस पर उनका पूर्णरूपेण स्वामित्व हो। ऐसा नहीं था कि उन्हें एक बहुत ही आलीशान से घर की इच्छा थी, सिर के ऊपर एक अपनी छत की अभिलाषा जरूर थी।

शुरूआती दौर में काफी मुश्किलें आयीं और उसी जत्थोजहद में करीब डेढ़ वर्ष कब निकल गए पता ही नहीं चला। फिर एक नन्हे से फ़रिश्ते ने उनके जीवन में नया मोड़ ला दिया तथा उन्हें पुत्र रत्न की प्राप्ति हुई। शिशु काफी सुन्दर था और रंग तो मानो बिलकुल श्वेत ही था। जब राजीव ने पहली बार उसे अपनी गोद में उठाया तो उसके होंठों से अनायास ही निकला,

"ओह! मेरा प्यारा बेटा, बिलकुल चावल की तरह गोरा है।"

तथा सुशीला ने राजीव के इन्ही शब्दों को संज्ञान में लेते हुए अपने पुत्र का नाम 'अक्षत' (चावल का संस्कृत भाषा में एक पर्याय) रख दिया।

अक्षत के कदम राजीव के लिए अत्यधिक भाग्यशाली साबित हो रहे थे। पहले तो उसकी पदोन्नति हुई तत्पश्चात वेतन में भी बढ़ोत्तरी हो गयी। सारे खर्च निकालने के बाद अच्छी-खासी बचत भी होने लगी। ईश्वर की कृपा और आशीर्वाद से समय हंसी-खुशी व्यतीत हो रहा था।

करीब दो वर्ष पहले राजीव को विदित हुआ कि भवन-निर्माण योग्य आवासीय भूमि राजधानी दिल्ली के आस-पास के क्षेत्र में क्रय की जा सकती है। उसको लगा कि अब उनका खुद के घर का सपना जल्द ही पूरा हो जायेगा। परन्तु इसमें सबसे बड़ी अड़चन ये थी कि वह भूमि उसके कार्यस्थल से काफी दूरी पर स्थित थी। किन्तु बाद में यह ध्यान में रखते हुए कि वह स्थानांतरण के लिए आवेदन कर देगा, या फिर नौकरी भी तो बदली जा सकती है जिसका कार्यालय वर्तमान की अपेक्षा नजदीक हो, उसने उस भूमि को खरीदने का मन बना लिया। उसके विचारों में कहीं न कहीं ये भी था कि यदि वहाँ जाकर बसने का प्रबंध न हो सका तो निवेश ही सही, जिसका उपयोग वह भविष्य में अपने परिवार के लिए कर पायेगा।

उन्होंने बड़ी योजनाबद्ध तरीके से सारे कामों को अंजाम दिया, परिणामस्वरूप आज से करीब एक वर्ष पहले आखिर वो घड़ी आ ही गयी जब उन्होंने अपने नये घर में गृहप्रवेश किया। सुशीला की तो खुशियों का ठिकाना ही न था और ख़ुशी हो भी क्यों न, इतने दिनों से योजनाएं जो बन रहीं थीं। कई वास्तुकारों की सलाह से घर का नक्शा बनवाना जिसमे उनकी सभी आवश्यकताओं का ख्याल रहे, और अब उन सबका जीवंत रूप देखकर कोई भी भावविभोर हो ही जायेगा।

राजीव ने जान-बूझकर अपना भोजन-कक्ष ऐसी जगह बनवाया था जहाँ से वह और सुशीला प्रत्येक सुबह सूर्योदय का मनोरम दृश्य निहारते हुए अपनी पहली चाय का लुत्फ़ उठा सकें।

अब राजीव घर के अंदर की ओर देख रहा था और उसकी निगाहें अपने बेटे अक्षत पर जाकर अटक गयीं जो शयन-कक्ष में सो रहा था।

अक्षत और उसके माता-पिता के नैन-नक्श आपस में काफ़ी समानता रखते थे। जान पड़ता था कि वह उनका कोई मिला-जुला प्रतिरूप हो। उसके नाक और गाल अपने पिता से, आँखें और होंठ अपनी माता से काफ़ी हद तक मिलते थे। उसके बाल करीब छः इंच लम्बे थे जो सिर के पीछे एक चुटिया की तरह से बंधे हुए थे। कोई भी बच्चा सोता हुआ बहुत सुन्दर दिखता है। और अगर वह बच्चा अपना हो फिर तो कहना ही क्या। अक्षत भी मानो परियों और सपनों की अपनी अलग ही दुनिया में खोया हुआ था, वर्तमान संसार और समाज से अनजान। अपने बेटे को सोते हुए और उसके मासूम से चेहरे को देखकर राजीव के चेहरे पर अनायास ही एक प्यार भरी मुस्कान दौड़ गयी।

आज शनिवार था और राजीव का अवकाश था। वह बैठे-बैठे ऐसे ही सोच रहा था कि समय कैसे पंख लगाकर उड़ता जा रहा है, और वो पति-पत्नी कभी कहीं घूमने भी नहीं गए, बस अपने रोजमर्रा के कामों में ही व्यस्त बने रहे। वैसे आश्चर्य की बात तो ये थी कि सुशीला ने भी कभी इस बात की शिकायत नहीं की थी। राजीव अपनी माताजी के देहांत के बाद से 'घूमना-घामना', 'पर्यटन', 'सैर-सपाटा' और 'यात्रा' जैसे शब्दों से थोड़ा घबरा सा जाया करता था।

अचानक उसे सुशीला की मद्धम सी आवाज़ सुनाई दी, मानो कोई बहुत दूर से पुकार रहा हो और फिर धीरे-धीरे पास आता जा रहा हो । अब आवाज़ उसके कानों में तेज और साफ़-साफ़ सुनाई देने लगी थी।

"राजीव.........राजीवS.........राजीवSS"

आवाज़ को सुनकर राजीव अपने ख्यालों से बाहर आया और देखा कि सुशीला उसके बगल में ही बैठी हुई है, तथा उसे देखते हुए मुस्कुरा रही है। उसकी आँखों में एक चमक सी थी, मानो आँखों ही आँखों में पूछ रही हो कि वह कौन से ख़्याली-पुलाव पकाने में लगा हुआ है।

सुशीला ने फिर एक बार उसका नाम पुकारा, इस बार थोड़े शरारती अंदाज में,

"राजीव...।"

"हम्म..., हाँ जानेमन," राजीव ने उत्तर में कहा।

"किस सोच में डूबे हुए हो?" सुशीला ने पूछा।

"कुछ नहीं, बस यूँ ही...,"

"क्यों न आज हम कहीं घूमने चलें, यहीं कहीं आस-पास?" अपने विचारों को थोड़ा सा छिपाने की कोशिश करते हुए राजीव ने पलट कर उससे पूछा।

सुशीला इस प्रश्न से थोड़ा चकित हुई । उसकी आँखों में छिपी चिंता को राजीव ने भी भांप लिया था। इस बात की पुष्टि सुशीला ने भी अगले ही पल कर दी जब उसने पूछा कि,

"लेकिन...! ...घूमने...बाहर?" तीनों शब्दों के बीच में सुशीला ने ठीक-ठाक ठहराव लिया था।

उसको भली-भांति पता था कि राजीव अपनी माता के हादसे के बाद से घूमने-घामने से थोड़ा परहेज़ सा करता था।

सुशीला के कुछ और बोल पाने से पहले ही राजीव बोला,

"तुम चिंता मत करो सब ठीक है, और हम कभी भी कहीं घूमने नहीं गए, शायद इसीलिए सोच रहा था कि कहीं बाहर निकलूँ तो जाने-अनजाने जो थोड़ा डर सा है वो भी निकल जाए। जब तक कहीं जायेंगे नहीं तब तक इस वहम का अंत नहीं होगा।"

इतनी बात बोलकर राजीव फिर खिड़की से बाहर की तरफ देखने लगा। बाहर का नज़ारा थोड़ा बदल चुका था, आसमान धीरे-धीर साफ़ हो रहा था और सूरज भी अब बादलों को चीरकर बाहर आने में सफलता प्राप्त कर चुका था।

"क्यों न हम ताजमहल (आगरा शहर में स्थित, सफ़ेद संगमरमर से बनी एक ईमारत) देखने चलें.... ख़ास दूर भी नहीं है। अधिक से अधिक दो-ढाई घंटे का ही सफर होगा यहाँ से।"

"क्या कहती हो?" राजीव ने एक बार फिर पूछा।

सुशीला थोड़ी सी चिंतित अवस्था में थी, उसने कहा,

"विचार तो अच्छा है, लेकिन फिर भी ताजमहल काफ़ी दूर है। क्यों न आज हम दिल्ली ही घूम लें, वैसे भी काफी कुछ है दिल्ली में देखने लायक, जो हमने अभी तक देखा नहीं है।"

"तो फिर यहीं से आरम्भ करें?" 'आरम्भ' शब्द पर थोड़ा नजाकत छिड़कते हुए सुशीला ने पूछा।

राजीव ने सहमति में अपना सर हिला दिया।

वह सोच रहा था कि क्या वाकई में माँ के साथ हुए हादसे के बाद, उसे घूमने या बाहर जाने में डर लगने लगा था, या यह उसका वहम मात्र था। ख़ैर जो भी हो असलियत तो सामने आ ही जाने वाली थी।

अध्याय: २

चार चक्के की गाड़ी

तो ज़नाब...तैयारियां शुरू हो चुकीं थीं। अक्षत भी अपनी नींद पूरी कर चुका था। इधर सुशीला ख़ुद और अक्षत को तैयार करने में व्यस्त हो गयी, और उधर राजीव भी अपनी चाय समाप्त करके स्नानघर की तरफ बढ़ चुका था।

"दाढ़ी बना लूँ क्या?" दांतों को साफ़ करते-करते राजीव ने अपने आप से प्रश्न किया।

वैसे अवकाश के दिन उसने शायद ही कभी दाढ़ी बनाई हो। उसने स्नानघर के बाहर नज़र डाली और सुशीला को तैयार होते देखा, उसके चेहरे पर उत्साह की लहर साफ़ झलक रही थी। लाल साड़ी में तो समझो कहर ही ढ़ा रही थी वो। मन ही मन मुस्कुराते हुए राजीव ने कुल्ला किया और उसके हाथ अनायास ही आईने के पीछे बनी हुई अलमारी की तरफ बढ़ गए, वहाँ से उसने दाढ़ी बनाने वाला सामान निकाला तो पाया कि क्रीम तो ख़त्म हो चुकी थी। उसने सुशीला को आवाज़ दी कि क्रीम ख़त्म हो गयी है।

"हम्म, तो लोग-बाग़ छुट्टी वाले दिन दाढ़ी बनाने वाले हैं," सुशीला ने अपनी आँखें मटकाते हुए बड़े ही शरारती अंदाज़ में कहा।

सुशीला अंदर वाली अलमारी से क्रीम का नया पैकेट लेकर आयी और राजीव के पास खड़ी हो गयी, किन्तु राजीव को सौंपा नहीं। जैसे ही राजीव ने पैकेट लेने के लिए अपना हाथ आगे बढ़ाया, सुशीला ने तत्काल चकमा देते हुए बच्चों के अंदाज़ में पैकेट को अपने पीछे छुपा लिया। दोनों ने एक दूसरे से कुछ नहीं कहा बस आँखों से मुस्कुरा दिया। राजीव ने एक बार फिर प्रयत्न किया और जब सुशीला ने दोबारा वही करने की कोशिश की तो राजीव ने बड़ी चालाकी से उसकी कलाई को पकड़कर अपनी तरफ खींच लिया।

अब सुशीला की पीठ राजीव के सीने से लगी हुई थी। राजीव ने अपने दाहिने हाथ से उसकी कलाई पकड़ी हुई थी और अपनी बाएं हाथ की उँगलियों को उसके बालों में सरका दिया। इससे पहले कि सुशीला कुछ सोच या समझ पाती, एक आवाज़ ने उसका ध्यान भटका दिया,

"मम्मा...." अक्षत उसे पुकार रहा था।

इधर उसका ध्यान भटका और उधर मौके को न गंवाते हुए राजीव ने झट से क्रीम के पैकेट को उसके हांथों से झपट लिया। सुशीला मुस्कुराते हुए अक्षत की तरफ बढ़ गयी, राजीव ने भी मुस्कुराकर सुशीला की मुस्कराहट का जवाब दिया।

अक्षत पीले रंग के कपड़े पकड़े हुए था और ख़ुशी से चहकते हुए अपनी तोतली भाषा में कह रहा था,

"घुम्मी जाना है-घुम्मी जाना है।"

वह बहुत ही उत्साहित था और बार-बार पीले रंग के कपड़ों को पहनने की जिद किये जा रहा था। पहले तो सुशीला ने उसे समझाने बुझाने की कोशिश की किन्तु उसकी जिद को देखते हुए और उसका मन रखने के लिए उसे वही पीले कपड़े पहनाने लगी।

इधर राजीव भी दाढ़ी बनाकर स्नान कर चुका था। वो भी तैयार होने लगा, जिसमे उसे अधिक समय नहीं लगा। उसने नीले रंग की जीन्स वाली पतलून, सफ़ेद धारियों वाली काली बुशर्ट और नीले-सफ़ेद रंग के जूते पहने। बालों को तो उसने अपने हांथों से ही सवांर लिया था। काले रंग का धूप का चश्मा साथ ले लिया था तथा अंत में थोड़ा सा इत्र (जो सुशीला की अलमारी में रखा हुआ था) भी लगाया।

इसके बाद राजीव अपने घर के मुख्य-दरवाज़े के पास आया जहाँ उनकी लाल रंग की चार चक्के वाली गाड़ी खड़ी हुई थी, जो उन्होंने इस नए घर में आने के बाद ही खरीदी थी। वैसे एक मध्यम-वर्गीय परिवार के लिए चार पहिये की गाड़ी खरीदना भी एक थकाऊ काम होता है। बड़ा ही मुश्किल हो जाता है ऐसी गाड़ी ढूँढना जो भारतीय मानकों पर खरी उतरे, जेब पर भी भारी न पड़े और साथ ही साथ उसमे एक छोटे परिवार लायक पर्याप्त जगह भी हो। दो महीने की कड़ी मशक्कत, कई अलग-अलग संगठनो के शोरूमों के चक्कर लगाने के बाद और सारी योजनाओं को ध्यान में रखते हुए वे एक अपने मतलब की गाड़ी को खोजने में सफल रहे। सुशीला

का पसंदीदा रंग 'लाल' होने की वजह से ही राजीव ने लाल रंग की गाड़ी खरीदने का निश्चय किया था।

राजीव ने गाड़ी पर बैठी धूल को एक कपड़े की मदद से हटाना शुरू कर दिया था। कुछ उसके कार्य-स्थल से जुड़े कागज़ गाड़ी की पिछली गद्दी पर पड़े हुए थे। उन्हें उसने वहाँ से हटाकर घर के अंदर रखी कंप्यूटर की मेज़ पर रख दिया, यह सोचकर कि अगर कुछ खरीदारी की तो पीछे की जगह सामान रखने के काम में आ जाएगी, साथ में यह भी डर था कि कहीं कोई काम का कागज़ खो न जाये।

गाड़ी को अच्छी तरह साफ़ करने के बाद वह अंदर चालक की गद्दी पर बैठ गया। उसने गाड़ी को बाहर निकालने के लिए इंजन में चाबी लगाई पर इंजन तो चालू होने का नाम ही नहीं ले रहा था, बस घर्र-घर्र की आवाज़ किये जा रहा था। कई कोशिशों के बाद भी नाकामयाबी ही हाथ लगी। राजीव को कुछ समझ में नहीं आ रहा था। वह चालक तो बहुत अच्छा था परन्तु उसे तकनीकी खराबियों का ज्ञान नहीं था।

उसे एक अजीब सी बेचैनी का अहसास हुआ, वह सोचते हुए खुद से सवाल करने लगा,

"क्या बकवास है?

यह सब क्या हो रहा है?

अभी होना था...जब कहीं सैर-सपाटे की योजना बनाई है।"

अचानक से 'सैर-सपाटा' वाले शब्द को लेकर वह चिंतित हो उठा।

"'सैर-सपाटा'...

फिर से वहम ही होगा...

रद्द कर दें क्या?...

नहीं-नहीं...

सुशीला क्या सोचेगी?...

बहुत ख़ुश है वह तो ।"

कुछ ही क्षणों में उसके दिमाग में इस तरह के ऊल-जलूल प्रश्नों का प्रवाह सा आ गया था । यह सब सोचते हुए उलझन में उसने सुशीला को पुकारा। सुशीला बाहर मुख्य-दरवाज़े के पास आयी और राजीव के बुझे हुए चेहरे को देखकते ही समझ गयी कि गाड़ी में कुछ तो समस्या है।

"क्या हुआ?

सब ठीक तो है न?" सुशीला ने पूछा।

"पता नहीं क्या हुआ, इंजन चालू ही नहीं हो रहा।" राजीव ने उत्तर दिया।

"ऐसे कैसे ख़राब हो सकती है?

अभी तो एक वर्ष भी पूरा नहीं हुआ है इसे ख़रीदे हुए।

शोरूम से संपर्क करें क्या?

लगता है अपना सैर-सपाटे का कार्यक्रम रद्द करना पड़ेगा।" एक ही साँस में सुशीला बड़बड़ाती सी चली गयी।

"चिंता मत करो, अभी शर्तों के अंतर्गत वारंटी में है," राजीव ने कहा।

किन्तु सुशीला तो चिंतित थी तथा उसका चिंतित होना स्वाभाविक भी था।

"लेकिन आपको परसों काम पर भी तो जाना है, कैसे जाओगे?

हमें विक्रेता से संपर्क करना चाहिए, अब वे ही कुछ सुझाव दे सकते हैं, या फिर हो सकता है किसी को भेजकर हमारी मदद कर सकें। सबसे बड़ी बात हमें कुछ पता भी तो नहीं कि इसे ठीक होने में कितना समय लगेगा, कहीं पूरा दिन ही लग जाये तो।" वह एक झोंक में कहती चली गयी।

राजीव भी इस घटना से आश्चर्यचकित था कि कल तक तो सब कुछ ठीक था, और न ही घर लौटने में कोई दिक्कत का सामना करना पड़ा था। फिर उसने सुशीला और उनकी बहुप्रतीक्षित यात्रा के बारे में सोचते हुए कहा,

"कोई बात नहीं, हम किराये की गाड़ी कर लेते हैं।"

"लेकिन आप सोमवार को काम पर कैसे जायेंगे, बहुत दिक्कत हो जाएगी, "सुशीला ने चिंता जताई।

हम अपनी आज की यात्रा रद्द नहीं करेंगे, और रही बात सोमवार की तो अभी कल का दिन है हमारे पास, मैं कल ठीक करा लूंगा," राजीव ने कहा।

उसने सुशीला को एक छोटा सा थैला भी तैयार करने की सलाह दी, जिसमे वे केवल ज्यादा जरुरी सामान रख सकें। क्योंकि अब वे अपनी गाड़ी में नहीं जा रहे थे तो घूमते-घामते समय ज्यादा बड़ा थैला लेकर चलने में दिक्कत न हो।

सुशीला ने राजीव का सुझाव समझते हुए उसी हिसाब से तैयारियां शुरू कर दीं। राजीव भी अपने फ़ोन के माध्यम से किराए की गाड़ी करने में जुट गया।

अध्याय: ३

चिड़ियाघर

घर के सामने एक गाड़ी आकर खड़ी हो गई थी। राजीव ने बेटे अक्षत को ध्यान में रखते हुए पहले चिड़ियाघर जाने की योजना बनाई, जिससे वह वहाँ तरह-तरह के पशु-पक्षियों को देखने का आनंद उठा सके। उसने कई बार गौर किया था कि कैसे टेलीवीज़न में कोई भी पशु-पक्षी देखकर अक्षत चहक सा उठता था।

अंततः वे अपनी यात्रा पर निकल चुके थे। तीनों लोग गाड़ी की पिछली गद्दी पर बैठे हुए थे और अक्षत दोनों के बीच में बैठा खुश काफी खुश जान पड़ रहा था।

अक्षत ने पूरी तरह से बोलना नहीं सीखा था, अभी बड़े-बड़े वाक्यों को बोल पाने में असमर्थ था। परन्तु अपनी तोतली भाषा में बात-चीत करने की कोशिश जरूर करता था।

"मम्मा, 'ह'...से...हाथी।"

"हाँ बेटा हाथी देखेंगे, उसके अलावा और भी कई जानवर देखेंगे।" सुशीला ने उत्तर में कहा।

"अच्छा बताओ 'ब'...से...?" सुशीला ने पूछा।

"'ब'...से..बन्दर, और 'श'....से...शेर।" अक्षत ने उत्तर दिया।

राजीव उनकी तरफ देखता हुआ मन ही मन मुस्कुरा रहा था। सोच रहा था कि उसके 'यात्रा' शब्द के डर के कारण, ऐसे कितने मीठे पल उसने खो दिए होंगे। वह उन सारे सुहाने और मीठे पलों को खो देने के दुःख के साथ-साथ अभी अक्षत को चहकता और खेलता हुआ देख, आनंद का भी अनुभव कर रहा था।

बीते वर्षों में वह अपने काम में इतना व्यस्त हो गया था कि अपने परिवार के साथ ऐसे समय बिताने का मौका ही नहीं मिला। पहले अपना घर तलाशने में व्यस्त, उसके बाद एक नया लक्ष्य। जैसे ही वह एक लक्ष्य को प्राप्त करता, जिंदगी उसके सामने हर बार एक और नया लक्ष्य खड़ा कर देती।

आजकल भी वह अपने कार्यालय में तरक्की के चक्कर में लगा हुआ था।

"राजीव...कहाँ खो गए," सुशीला की आवाज़ सुनकर वह अपने ख्यालों से बाहर आया।

वह अक्षत के साथ खेलने लगा। कुछ देर बाद वे चिड़ियाघर पहुँच गए। राजीव ने किराया अदा किया और अक्षत को अपनी गोद में उठा लिया। सुशीला भी दूसरी तरफ से गाड़ी के बाहर आ गयी और वे टिकट खिड़की की ओर चल पड़े।

सुशीला और अक्षत टिकट खिड़की की तरफ चलते हुए काफी उत्साहित लग रहे थे। खिड़की के पास ज्यादा भीड़ दिखाई नहीं दे रही थी। वहाँ पास में ही, एक आइसक्रीम बेचने

वाला खड़ा था, जिसे देखते ही अक्षत ने अपनी तोतली भाषा में चिल्लाते हुए इशारा किया,

"आइस-की... ... आइस-की... ... (आइसक्रीम ...आइसक्रीम)।"

उसकी इच्छा को देखते हुए राजीव आइसक्रीम बेचने वाले के पास रुका और एक संतरे वाली आइसक्रीम अक्षत के लिए खरीदी। फिर सुशीला की तरफ देखते हुए इशारे से पूछा कि अगर उसका भी खाने का मन हो तो, सुशीला ने भी सहमति में अपना सिर हिला दिया। दोनों के लिए आइसक्रीम खरीदने के बाद उन दोनों को वहीं छोड़कर वह अकेला टिकट खिड़की की तरफ बढ़ गया।

खिड़की की तरफ बढ़ते हुए वह एक व्यक्ति के पास से गुज़रा जो वहीं सीढ़ियों पर बैठा हुआ था। उसने अनायास ही एक नज़र उस पर डाली, वह आदमी दबे हुए रंग की छवि का था, अपने चेहरे की दाढ़ी भी बेतरतीब तरह से बढ़ा रखी थी। उसने एक बुशर्ट तथा एक लुंगी पहन रखी थी। लुंगी थोड़ी गन्दी लग रही थी, इसके अलावा उसने एक गमछा सा भी कंधे पर डाल रखा था। पता नहीं क्यों राजीव को ऐसा महसूस हुआ, जैसे वह व्यक्ति उसे ही घूर रहा हो।

राजीव उसकी तरफ से ध्यान हटाते हुए टिकट खिड़की के पास तक पहुँचा और पाया कि वहाँ कतार नहीं लगी थी।

वह खुश हुआ कि उसको टिकटें जल्द ही मिल जायेंगी और कतार में लगने की मेहनत से भी बच जायेगा। परन्तु उसकी

ख़ुशी ज्यादा देर टिक न सकी, खिड़की पर पहुँचने के बाद उसे पता चला कि चिड़ियाघर उस दोपहर के लिए बंद कर दिया गया है। उसका कारण था भीषण गर्मी और लू का कहर।

"अब तो शायद कल ही खुलेगा, मेरी फूटी किस्मत," अपने-आप से बातें करता हुआ राजीव सुशीला और अक्षत के पास लौट आया।

"क्या हुआ?" सुशीला ने पूछा।

"कुछ नहीं, बस चिड़ियाघर में आज का अवकाश है," उत्तर में राजीव बोला।

"अब क्या करें?" सुशीला ने पहले प्रश्न किया, फिर थोड़ा रूककर स्वयं ही सुझाव दिया,

"क्यों न नौकाविहार के लिए चला जाए, मैंने गाड़ी से उतरते समय देखा था, यहीं चिड़ियाघर के पास में ही एक झील है।"

राजीव को यह सुझाव खरा नहीं उतरा। उसे डर था कि छोटा बच्चा उनके साथ है और झील में नौकाविहार का आनंद लेते हुए खेल-खेल में कुछ ऊंच-नीच हो गयी तो।

लेकिन सुशीला के बार-बार आग्रह और जिद के सामने उसने घुटने टेक दिए, और सहमत हो गया। आखिर वह आया भी तो उन्हीं की ख़ुशी के लिए था।

वे झील के पास आ पहुंचे और उसके साथ-साथ बनी हुई पगडण्डी पर चलते हुए झील की सीढ़ियों के पास पहुँच गए। पगडण्डी चौकोर लाल पत्थरों से निर्मित थी तथा उनके बीच-बीच में हरी-हरी घास भी थी। पगडण्डी वाले रास्ते के एक तरफ झील थी और दूसरी तरफ तरह-तरह का सामान बेचने वाले अपनी रेहड़ियां लगाए खड़े हुए थे। कोई मूली में नमक लगाकर बेंच रहा था, कोई खीरा, तो कोई भेल-पूरी। इतने में एक चौदह-पंद्रह वर्ष का बालक उनके पास आया और कहने लगा,

"बीबीजी... बच्चे के लिए खिलौना ले लो... ... गुब्बारा ले लो...मैंने सुबह से कुछ खाया नहीं है, बोहनी हो जाएगी।"

"बलून...बलून," गुब्बारे के अंग्रेजी शब्द को दोहराते हुए अक्षत चहक उठा। राजीव ने पहले तो इंकार किया लेकिन फिर उस बेचने वाले की जिद और अक्षत की चाहत को देखते हुए, एक गुब्बारा दिला दिया। जैसे ही उसने गुब्बारा बेचने वाले को पैसे दिए, वह बालक मानो खुशी से झूम उठा और दूसरे ग्राहक की तलाश में आगे बढ़ गया।

राजीव और सुशीला भी उसकी तरफ देखते हुए अपने आपको मुस्कुराने से रोक न सके और उनके होंठों पर एक मुस्कान थिरक गयी।

पास में ही टिकट खिड़की थी जहाँ से समयानुसार नाव को किराये पर लिया जा सकता था। उसने किराये के विवरण-पट्टी पर नज़र डाली।

(पर्यटकों से अनुरोध है कि नौका-विहार पर जाते समय रक्षा-जैकेट का पहनना सुनिश्चित कर लें, यह अनिवार्य है।)

'आधे घंटे के लिए -१८० रुपये

एक घंटे के लिए-२५० रुपये'

राजीव ने आधे घंटे की पर्ची कटाई और वे लोग झील की सीढ़ियां उतरने लगे जहाँ से उन्हें नौका पर सवार होना था।

नौका पे सवार होने के बाद उन्होंने पैडल मारना शुरू किया और नौका को झील में अंदर की तरफ बढ़ा दिया। अच्छा नज़ारा था, और भी कई नौकाएं थीं वहाँ, भांति-भांति-के लोग नौका-विहार का आनंद ले रहे थे। कुछ परिवार तो थे ही, कुछ अविवाहित जोड़े भी वहां दिखाई पड़ रहे थे, जो शायद एकांत में एक दूसरे के साथ प्यार भरे खूबसूरत क्षणों का आनंद उठाने के उद्देश्य से आये हुए मालूम पड़ते थे।

कुछ पढ़ने वाले बच्चे भी वहां थे जो छोटे-छोटे समूहों में बटे हुए थे तथा एक दूसरे की नौका को टक्कर मारने में प्रयत्नरत थे।

अभी पांच-सात मिनट ही हुए होंगे जब सुशीला ने राजीव के चेहरे की तरफ देखा, और उसके हाव-भाव से वह उसके डर को भली-भांति भांप गयी। वह समझ चुकी थी कि राजीव कुछ परेशान सा था और आरामदायक महसूस नहीं कर रहा था।

"चलो अब वापसी का रुख़ करते हैं, आज के लिए इतना काफी है," सुशीला ने कहा।

राजीव उसकी बात से समझ तो गया था कि सुशीला ने उसकी परेशानी या डर को भांप लिया है, लेकिन कुछ न कहते हुए वापस सीढ़ियों की तरफ पैडल मारने लगा।

अध्याय: ४

महंगाई या लूट

अक्षत को भूख सी लग रही थी, राजीव को अहसास हुआ कि भूख तो उसे भी लग रही थी। इस पर सुशीला ने सुझाव दिया,

"कहीं आस-पास किसी उद्यान में चलते हैं, वहां कुछ खाने-पीने के साथ-साथ थोड़ा सुस्ता भी लेंगे।"

राजीव सोचने लगा कि आस-पास लगभग पांच किलोमीटर के दायरे में कहाँ जाया जा सकता है। फिर उसे एक उद्यान का ख्याल आया जो काफी बड़ा था तथा वहाँ बच्चों के खेलने के लिए झूले वगैरह भी थे। उसने वहाँ झील के पास से एक मोटर वाला रिक्शा (ऑटो- रिक्शा) किराये पर तय किया। रिक्शा-चालक एक खाकी रंग की वर्दी में था। यह वर्दी पुलिस वाली नहीं थी पर रंग मिलता-जुलता सा जरूर था तथा उसने अपने सीने के बायीं तरफ एक तिकोना सा बिल्ला लटका रखा था। दिन चढ़ने लगा था और गर्मी ने भी अपना कहर ढाना शुरू कर दिया था। पर जब रिक्शे ने सड़क पर दौड़ लगाना शुरू किया तो बाहर से आ रहे हवा के झोंकों से थोड़ी देर की राहत मिली। रिक्शा-चालक ज्यादा बातूनी नहीं था। देखने से प्रतीत होता था कि वह उम्र के करीब पाँच दशक पार कर चुका होगा।

कुछ ही समय बाद वे उद्यान के बाहर पहुँच गए। राजीव ने किराया अदा किया और वे उद्यान के अंदर प्रवेश कर गए। अंदर जाने के बाद उन्होंने थोड़ा रूक कर चारों तरफ एक निगाह डाली, अपने लिए उपयुक्त जगह खोजने के उद्देश्य से। उन्हें एक तरफ कुछ झूले दिखाई दिए तथा उन झूलों के बिलकुल समीप में नीम का बड़ा सा पेड़ दिखा। उन्होंने उसी पेड़ की छाँव में आश्रय लेने का निश्चय किया।

वहाँ बैठकर सुस्ताने का आनंद ही कुछ और था। धूप को पेड़ की पत्तियों ने छेंक रखा था तथा छाँव में थोड़ी-थोड़ी हवा की लहर गर्मी के ताप को भरपूर मात दे रही थी। अक्षत भी झूलों के पास खेल में मग्न था।

वैसे उनकी ख़ुशी ज्यादा देर तक नहीं रही। थोड़ी ही देर में कुछ बच्चे उनके पास आकर चिप्स बेचने की कोशिश करने लगे, वो भी दोगुने-तिगुने दामों में। जब राजीव ने चिप्स खरीदने से इंकार किया तब वे चले तो गए लेकिन कुछ ही देर बाद फिर प्रकट हो गए। उनसे किसी तरह छुटकारा पाया तो कुछ लोग भीख मांगने के इरादे से उनके पास आकर तंग करने लगे।

"भगवान् के लिए कुछ दे दो, भगवान् करे आपकी जोड़ी सलामत रहे, ऊपरवाला आपको सदा खुश रखे।" भिखारी बच्चों ने एक अलग ही अंदाज़ में कहा।

वे बच्चे तो अड़ ही गए। राजीव ने उनसे पीछा छुड़ाने के उद्देश्य से एक १० रुपये का नोट उनको दिया और कहा कि,

"जाओ और आपस में बाँट लेना।"

उनके जाने के तुरंत बाद ही एक किन्नरों का समूह आ गया। अब उन्होंने तरह-तरह की टिप्पणियां करनी शुरू कर दीं।

"अरे! मेरे शाहरुख़ खान, अरे! मेरे अक्षय कुमार," ...चलचित्र की दुनिया के कलाकारों से तुलना करने लग पड़े।

और सुशीला की तरफ देखते हुए,

"तू तो बिलकुल प्रीती ज़िंटा है।"

वह समूह ऐसे और भी कई कलाकारों से तुलना करते हुए उनको खुश करने का प्रयत्न करने लग गया।

किसी तरह से उनसे पीछा छुड़ाने के बाद राजीव और सुशीला ने तय किया कि वे अब इस उद्यान में नहीं रुकेंगे, कहीं और जायेंगे। उस उद्यान से थोड़ी दूर पर एक मक़बरा था, उन्होंने वहां जाने का निश्चय किया।

परन्तु इससे पहले कि वे उद्यान से बाहर आ पाते, सुशीला ने ठंडा पानी पीने की इच्छा जताई तथा राजीव से एक बोतल पानी लेकर आने का आग्रह किया। राजीव उद्यान के अंदर स्थित एक दुकान पर गया और दुकानदार से एक ठन्डे पानी की बोतल मांगी।

दुकानदार एक गोल गले की सफ़ेद टी-शर्ट और घुटने तक की पतलून पहने हुए था। उसका शरीर काफी भारी था, वज़न

करीब १४० किलो तो होगा ही। पेट तो मानो उसकी टी-शर्ट से बाहर आने को आतुर था।

दुकानदार ने बोतल राजीव को थमाई और उसने तुरंत ही उसका ढक्कन खोलकर सुशीला की तरफ बढ़ा दिया। सुशीला एक तरफ अक्षत को बाहों में लिए हुए थी और दूसरे हाथ से वो पानी पीने लगी। इधर राजीव दुकानदार की तरफ वापस मुड़ा और पूछा,

"कितना हुआ?"

"केवल पचास रुपये साहब," दुकानदार ने जवाब दिया।

राजीव इस जवाब पर चौंक गया और थोड़ा उग्र भी हो उठा।

"क्या!!!!?" थोड़ी तेज आवाज़ में राजीव ने दोबारा पूछा।

"केवल पचास रुपये," दूकानदार ने बड़े ही प्रकृतिस्थ अंदाज़ में जवाब दिया।

"यह तो ठीक नहीं है, बोतल पर भी सिर्फ १५ रुपये छपा हुआ है," बोतल की तरफ निहारते हुए राजीव ने कहा।

"तुम इतना अधिक मूल्य कैसे मांग रहे हो? और क्यों?" राजीव ने फिर से एक बार पूछा।

"साहब, यहाँ तो यही मूल्य है, अगर आपको कोई दिक्कत है तो बोतल खरीदने से पहले पूछना चाहिए था," बड़े ही आत्मसंवरण से दुकानदार ने जवाब दिया।

जल्द ही यह वार्तालाप बहस में तब्दील होने लगा। इससे पहले कि सुशीला कुछ सोचती, समझती अथवा बीच में कुछ बोलती, उससे पहले ही वहाँ तीन गुंडे जैसी शक्ल वाले आदमी इकट्ठे हो गए। उनमें से एक ने अपने गले में रुमाल बाँध रखा था तथा दूसरे ने गले में एक मोटी सी सोने की जंजीर पहनी हुई थी। तीसरे ने तो पता नहीं क्यों एक रूमाल अपनी कलाई पर बाँधा हुआ था। आते ही उन्होंने दुकानदार का पक्ष लेना शुरू कर दिया।

राजीव को समझते देर न लगी कि ठगी करने में इन सबकी मिलीभगत है, और उसने तुरंत ही पुलिस से मदद मांगने के लिए '१००' पर अपना फ़ोन लगा दिया।

परन्तु कुछ ही पलों के बाद उसने पुलिस की प्रतीक्षा न करते हुए तथा झगड़े को निपटाने के उद्देश्य से दुकानदार का हिसाब चुकता किया। उसे उस समय ज्यादा प्रतीक्षा करना उचित नहीं लगा क्योंकि वह अपने परिवार के साथ था तथा सुशीला और अक्षत को दिक्कत में नहीं लाना चाहता था। गर्मी भी बढ़ रही थी तो अधिक समय गंवाना सही नहीं था।

अंत में वे उस उद्यान के दूसरी तरफ के दरवाज़े (जो कि मुख्य-दरवाज़े की अपेक्षा काफ़ी छोटा था) से होते हुए बाहर मुख्य-सड़क तक आ गए।

अध्याय: ५

रिक्शाचालक

राजीव अपने परिवार के साथ उद्यान के बाहर मुख्य-सड़क के करीब खड़ा था। वे लोग किसी साधन की प्रतीक्षा में थे जिसके द्वारा वे सब मक़बरे तक पहुँच सकें। कुछ समय पश्चात एक मोटर वाला रिक्शा (ऑटो-रिक्शा), वहाँ उनके पास आकर रुका।

"कहाँ जाओगे?" रिक्शा चालक ने पूछा।

राजीव ने उस चालक को मक़बरे के बारे में बताया। जब रिक्शा-चालक ने उनके परिवार को मक़बरे तक ले जाने की सहमति जताई तो अंदर बैठने से पहले, इस बार राजीव ने किराये के बारे में पहले ही पूछ-ताछ करना उचित समझा।

"कितना लोगे?" राजीव ने पूछा।

"२२० रुपये मात्र," रिक्शा-चालक ने कहा।

यह सुनकर राजीव थोड़ा चौंका और सोचने लगा कि,

"सभी लोग लूटने में ही क्यों लगे हुए हैं? इस संसार से ईमानदारी ख़त्म हो गयी है क्या? सब के सब गलत तरीके से पैसे बनाने में लगे हुए मालूम पड़ते हैं।"

"ये तो बहुत अधिक हैं, मक़बरा तो यहाँ से सात किलोमीटर की दूरी पर भी नहीं है," हल्का सा झल्लाते हुए उसने उस रिक्शा-चालक से कहा।

"भाई-साहेब...यही लगता है, सबसे यही लेते हैं," रिक्शा-चालक बड़े अनमने अंदाज़ में बोला।

"चलो...१७० दे देना, केवल आपके लिए," थोड़ा सा रुकने के बाद रिक्शा-चालक दोबारा बोला।

राजीव इतना खर्च नहीं करना चाह रहा था। ऐसा नहीं था कि पैसे की बात थी, बल्कि उसे पक्का यकीन था कि वह रिक्शा-चालक जो मांग रहा था वो सही नहीं था।

"एक काम करो, मीटर के हिसाब से जो बनेगा वह ले लेना," राजीव ने रिक्शा-चालक को सुझाव देने का प्रयास किया।

लेकिन उसने मीटर के हिसाब से जाने के लिए साफ़ मना कर दिया।

"इससे कम में नहीं जाऊंगा, चलना है तो चलो, आगे आपकी मर्ज़ी," उसने कहा।

राजीव उस चालक की इस बात से सहमत नहीं हुआ, और वह चालक वहां से रिक्शा लेकर चला गया।

वे लोग वापस से दूसरे साधन की प्रतीक्षा करने लगे, तभी सुशीला ने बस से जाने का सुझाव दिया।

"यकीन से कह रही हो, अक्षत को संभाल पाओगी बस की भीड़ में?" राजीव ने असमञ्जसता से पूछा, क्योंकि उसे अपने कानों पर भरोसा नहीं हो रहा था।

वह सुशीला की इस बात से बहुत विमूढ़ था तथा उसकी तरफ एकटक देखे जा रहा था। सुशीला ने कभी-भी कहीं-भी बस से सफर करने को प्राथमिकता नहीं दी थी। उसे बख़ूबी याद था कि कैसे उसने शादी के पश्चात, एक-दो बार ही बस से सवारी करने के बाद मोटर-साईकिल खरीदने की जिद की थी। मानो पूरा घर ही सर पर उठा लिया था तथा राजीव के मोटर-साईकिल खरीदने के बाद ही घर में शांति हुई थी। हालाँकि उसने कोई लड़ाई-झगड़ा नहीं किया था। उसकी जिद को एक प्यार भरी जिद कहना ही उचित होगा, किन्तु मोटर-साईकिल मंगवाकर ही दम लिया था।

"एक बार और आनंद लेते हैं, वैसे भी बहुत समय हो गया बस की सवारी किये हुए। और साथ ही साथ मैं नहीं चाहती कि आज तुम्हारी मनोदशा के साथ कोई खिलवाड़ हो,"

सुशीला ने प्यार से मुस्कुराते हुए उत्तर दिया।

बस फिर क्या था, वे मक़बरे की तरफ जाने वाली सरकारी बस में सवार हो गए। बस में बहुत अधिक भीड़ नहीं थी तथा सुशीला को महिलाओं के लिए आरक्षित गद्दी पर बैठने की जगह आसानी से मिल गयी। बस में ज्यादा भीड़ न पाकर राजीव ने भी राहत की सांस ली, हालाँकि उसे अपने लिए जगह नहीं मिल पायी थी परन्तु इसका उसे कोई मलाल नहीं था।

सुशीला के बैठने के पश्चात उसने अक्षत को उसकी गोद पर बैठाया तथा टिकट खरीदने के किये कंडक्टर के पास गया और दो टिकट मक़बरे तक के लिए खरीदीं, जिसके लिए उसने बीस रुपये चुकाए। वापस आकर वह सुशीला के समीप में खड़ा हो गया और एक हाथ से ऊपर लगी हुई लोहे की छड़ को पकड़ लिया। मक़बरे तक पहुँचने में अधिक समय नहीं लगा। मक़बरे से थोड़ी दूर पर बस का अड्डा था, वहीं पर बस उन्हें उतारकर आगे बढ़ गयी।

वहां से मक़बरा करीब ५ फर्लांग की दूरी पर था। पहले तो उसने टहलते हुए पैदल ही जाने का सोचा, फिर पता नहीं क्या सोचकर एक साईकिल-रिक्शा वाले को आवाज़ दी। वह रिक्शा खींचने वाला उनके पास आया। उसने छोटे-छोटे खांचों वाली चौखड़िया डिज़ाइन की लुंगी और थोड़ी सी मैली नीली धारियों वाली सफ़ेद बुशर्ट पहन रखी थी। गले में एक बड़ा सा रूमाल, दांतों में एक माचिस की तीली और आँखों में गहरा काजल भी लगा रखा था। राजीव को उसका पहनावा खास रुचिकर नहीं लगा, फिर भी उसने पूछा,

"भैया, मक़बरे तक ले चलने का कितना किराया लोगे?"

"२० रुपये सवारी लगता है, और आप तीन लोग हो तो ६० रुपये बनता है, क्योंकि एक बच्चा है, तो उसका आधा किराया...इसलिए ५० रुपये लूंगा," रिक्शेवाले ने उत्तर में कहा।

राजीव ने थोड़ा मोलभाव के इरादे से कहा,

"भैया, क्या बात कर रहे हो, यहीं पास में तो है। आप बहुत अधिक मांग रहे हो, तीस रुपये ठीक रहेगा।"

रिक्शेवाले ने उत्तर में कुछ नहीं कहा बस एक विचित्र सी मुस्कुराहट लिए हुए आगे बढ़ गया। अगले ही पल एक और रिक्शेवाला उनके पास आकर रुका और बोला,

"कहाँ जाना चाहते हैं भाई साहब?"

राजीव ने उसकी तरफ एक नज़र देखा। वह भी एक चौखड़िया डिजाइन वाली लुंगी पहने हुए था लेकिन साथ में सफ़ेद रंग का कुरता डाल रखा था। हाँ, पहले वाले की अपेक्षा उम्र में थोड़ा कम जान पड़ रहा था।

राजीव ने अपनी ऊँगली से दूर मक़बरे की तरफ इशारा करते हुए कहा,

"उस मक़बरे तक जाना है। बताओ कितना लोगे?"

"साहेब, मैं इस इलाके में थोड़ा नया हूँ। यहाँ के किराये-भाड़े के बारे में ज्यादा जानकारी नहीं हैं। आप अच्छे भले परिवार से लगते हैं, आपसे धोखे की आशंका नहीं हैं। जो उचित लगता हो वही दे दीजियेगा," रिक्शे वाले ने उत्तर में कहा।

राजीव को उसकी बात मन को कहीं छू सी गयी। उसने सुशीला की तरफ देखकर उसे इशारा किया, और उस इशारे को समझते हुए सुशीला रिक्शे की गद्दी पर चढ़ कर बैठ गयी।

उसके बैठते ही राजीव ने अक्षत को उसे पकड़ाया और फिर खुद रिक्शे पर सवार हो गया।

रिक्शा मक़बरे की तरफ बढ़ रहा था। और राजीव मानो अपने 'यात्रा' शब्द के भय को लगभग भूल सा रहा था। किन्तु उसे आभास नहीं था कि यह थोड़ी देर तक ही टिकने वाला था।

राजीव ने देखा कि आहिस्ता-आहिस्ता उनका रिक्शा पहले वाले रिक्शे के समीप पहुँच रहा था। पहले वाले रिक्शा-चालक ने राजीव के पास से जाने के बाद उसी दिशा में रिक्शा बढ़ाया था जहाँ राजीव को जाना था। कुछ और समीप पहुँचने पर उसने देखा कि उस रिक्शे पर कोई भी सवारी नहीं थी, वह रिक्शेवाला उसे खाली ही खींच रहा था। थोड़ी ही देर में दोनों रिक्शे अगल-बगल चल रहे थे। अचानक कुछ ऐसा हुआ जिसकी राजीव ने सपने में भी कल्पना नहीं की थी, उसकी आशा के विपरीत दोनों रिक्शेवाले आपस में बात-चीत शुरू कर चुके थे। यह देख राजीव के दिमाग में एक बार फिर से सवालों का ताँता लग गया।

"यह कैसे संभव है?...

यह रिक्शेवाला तो कह रहा था कि वह इस इलाके में नया है...

किराये-भाड़े के बारे में भी नहीं जानता। तो क्या वह किसी अनजान व्यक्ति से ऐसे ही बातें करने लग गया?...

किन्तु उनकी वार्तालाप के अंदाज़ से प्रतीत तो नहीं हो रहा कि वे एक दूसरे से अनजान हैं।"

यह सब सोचते हुए उसे यह भी अहसास हुआ कि सुशीला अपने फोन की तरफ देख रही थी। वैसे फ़ोन को देखना एक बड़ी साधारण सी और स्वाभाविक बात है, परन्तु यह स्वाभाविक से थोड़ा अलग था। वह बार-बार हर २-३ मिनट में फ़ोन की तरफ निहार रही थी, और राजीव को यह भी भान हुआ कि यह सब करते समय सुशीला उससे छिपाने की कोशिश भी कर रही थी।

उधर दूसरी तरफ रिक्शेवाले मुग़ल- कालीन बादशाहों जैसे 'अक़बर' और 'शाहजहां' के बारे में बातें करने में लगे थे। भूतकाल की कई घटनाओं का मजाक भी बना रहे थे। धीरे-धीरे उनकी बातचीत का विषय हाल में ही हुई दिल्ली की बलात्कार की घटनाओं से जुड़ने लगा तत्पश्चात वे लड़कियों के आधुनिक पहनावे के बारे में तरह-तरह की टिप्पणियां करने लगे।

"ये आजकल की महिलाओं को कोई लाज-शर्म नहीं रह गयी हैं, सारी हया-शर्म आधुनिक पहनावे की भेंट चढ़ गया है," हमारा रिक्शावाला बोला।

"हाँ, बिलकुल सही। पहले साड़ी, सलवार-सूट से जींस पतलून-टीशर्ट हुआ, अब तो जींस घुटने तक आ गयी है और टीशर्ट की डिज़ाइन के बारे में तो पूछो ही मत," दूसरा रिक्शावाला बोला।

ये बातें राजीव के परिवार के लिए काफी असुविधाजनक थीं, किन्तु वे चाह कर भी विरोध प्रकट नहीं कर पा रहे थे। एक तरह से देखा जाए तो वे रिक्शेवाले मात्र अपने विचारों को ही प्रकट कर रहे थे, ये अवैद्यानिक तो था नहीं। वैसे भी हमारे देश भारत में विचारों की अभिव्यक्ति एक मौलिक अधिकार है। और उनके बीच हो रहीं सारी बातें या तो इतिहास से जुड़ी हुई थीं या फिर हाल में ही हुई सच्ची घटनाओं पर आधारित थीं। राजीव भी अपने परिवार के साथ होने के कारण कोई तमाशा नहीं करना चाहता था, इसीलिए वो चुप था।

परन्तु, आख़िरकार कब तक, उसकी इस असमञ्जसता को सुशीला भी भली भांति समझ चुकी थी। इससे पहले कि राजीव उन लोगो के बीच में कुछ बोल पाता अथवा किसी और तरह से हस्तक्षेप करता, सुशीला ने उसका हाथ पकड़ा और धीरे से फुसफुसाया,

"रहने दो, कोई बात नहीं, बस पहुँच गए।"

अगले कुछ क्षणों को काटना मुश्किल था, पर अंततः वे अपने गंतव्य तक पहुँच गए। राजीव ने किराये के विरुद्ध ३० रुपये चुकाए और सब लोग मकबरे की तरफ बढ़ चले।

अध्याय: ६

मक़बरा

राजीव शीघ्रता से टिकट खिड़की की तरफ लपका, वहां ज्यादा भीड़ न होने के कारण उसे जल्द ही टिकटें मिल गयीं। टिकट खिड़की वाली ईमारत के साथ में एक लोहे से बनी हुई चार फुट ऊँची जाली थी। उस जाली के एक तरफ चार भुजाओं का, घूमने वाला दरवाजा था, जिसमे से एक बार में एक ही व्यक्ति दूसरी तरफ जा सकता था। वे लोग पहले उस दरवाजे को पार करके आगे बढ़े तो पाया कि वहाँ एक और विशाल सा दरवाजा था। यह दरवाजा लाल पत्थर और चूने से निर्मित था। जगह-जगह तरह-तरह के फूलों की, पत्तियों की तथा बेलों की आकृतियां बड़े ही सुन्दर तरीके से उकेरी गयीं थी। कहीं-कहीं कुछ पशु-पक्षियों के चित्र भी बने हुए थे।

कुछ-एक सूचना-पट भी लगे हुए थे-

'कैमरे का प्रयोग वर्जित है।'

'साफ़-सफाई का ध्यान रखें, कूड़ा इधर उधर न फेंकें।'... इत्यादि...

उस विशाल दरवाज़े के नीचे कुछ दुकानें भी लगी हुई थी, जिनमे से कुछ बच्चों के खिलौनों की थीं और कुछ स्मृति-चिन्हों की। उन सब दुकानों में से जिसने राजीव का ध्यान

सबसे ज्यादा अपनी ओर आकर्षित किया, वह थी एक भविष्य-वक़्ता की साधारण सी दिखने वाली दुकान। वैसे दुकान के नाम पर ज्यादा फैलाव नहीं था। उस भविष्य-वक़्ता बनाम दुकानदार ने हाथों की रेखाओं वाली एक तस्वीर बड़े से बोर्ड में लगा रखी थी तथा उस बोर्ड को ईंटों के सहारे टिका रखा था, जिसमे लिखा था -

'आइये और वर्तमान में अपने भविष्य का पता लगाइये।'

इस पंक्ति के नीचे एक नाम भी लिखा था-'पंडित शम्भूक लाल चतुर्वेदी (ज्योतिषाचार्य)'। हालाँकि राजीव को उस नाम का अर्थ तो नहीं पता था परन्तु उस ज्योतिषाचार्य के व्यक्तित्व ने राजीव के मष्तिष्क में एक छाप जरूर छोड़ी। बोर्ड के साथ एक दरी बिछाकर, पालथी मारे बैठा एक सरल सा दिखने वाला आदमी। उम्र करीब ६२-६३ वर्ष। दाढ़ी के बाल ज्यादातर सफ़ेद ही थे। धोती और कुर्ते की गुटबंदी में लाल रंग की पगड़ी भी खूब जँच रही थी उस पर। आँखों पर काले रंग की प्लास्टिक के फ्रेम वाली ऐनक। दरी के एक तरफ उसके रबड़ के जूते रखे हुए थे। राजीव उस ज्योतिषाचार्य को देखने में इतना मग्न हो चुका था कि वो समझ ही नहीं पाया कि कब वह चलते-चलते रुक गया था। सुशीला ने एक बार उसे और एक बार उस पंडित की ओर देखा। फिर राजीव को थोड़ा धक्का सा देते हुए शरारती अंदाज में चुटकी ली,

"क्या हुआ, अपनी शादी का मुहूर्त पूछना है क्या?"

जवाब में राजीव मुस्कुरा दिया और सब लोग आगे मक़बरे की तरफ बढ़ गए। अब आगे उन्होंने देखा कि हरी और मखमली घास का काफी बड़ा मैदान है, जिसमे घास को बिलकुल सधे हाथों से एक ही लम्बाई में काटा हुआ था, मानो वह घास का कोई कालीन हो। उस मैदान की दाहिनी तरफ एक सिंचाई का फव्वारा भी लगा था जो घास में स्वतः ही पानी छिड़क रहा था।

इतनी अच्छी घास देखकर आखिर किसका मन नहीं होगा उस पर चलने का, और वे लोग भी उसी घास के ऊपर से आगे बढ़ने लगे। अक्षत राजीव की गोद से मचलकर नीचे उतर गया और उस घास के मैदान में इधर-उधर दौड़ लगाने लगा। इधर राजीव ने फिर से गौर किया कि सुशीला अपने फ़ोन की तरफ बार-बार, थोड़े-थोड़े अंतराल में देखती जा रही थी। थोड़ी असहज सी लग रही थी वह, या फिर यह भी राजीव का एक वहम मात्र ही था, और वह कुछ ज्यादा ही सोच रहा था।

अब यह बात राजीव को थोड़ी हज़म नहीं हो रही थी तथा उसने सोचा कि क्यों न सीधे-सीधे सामने से ही पूछ लिया जाए। परन्तु इससे पहले कि राजीव उसके इस व्यवहार के बारे में कुछ पूछ-ताछ करता, सुशीला उसकी तरफ पलटी और बोली,

"राजीव, मुझे प्यास लग रही है, मुझे थोड़ा ठंडा पानी चाहिए, कृपया एक बोतल पानी खरीद लाओ न।"

पहले तो राजीव को कुछ समझ में नहीं आया, उसने अपने आप से प्रश्न किया,

"अभी थोड़ी देर पहले उस उद्यान में तो पानी पिया था और अब फिर से मांग रही है।"

फिर अपने दिमाग को झटकता हुआ सोचा कि हो सकता है कि वह कुछ ज्यादा ही सोच रहा है।

"वह तो ठीक है लेकिन पानी लाने के लिए मुझे बाहर जाना पड़ेगा, टिकट खिड़की के पास, अंदर तो नहीं मिलेगा,"राजीव ने सुशीला से कहा।

"तो क्या हुआ? मैं कहीं भागी थोड़े ही जा रही हूँ। मैं एक भारतीय नारी हूँ और तुमसे शादी हुई है मेरी, सात जन्मों तक भी पीछा नहीं छोड़ूंगी तुम्हारा," शरारती अंदाज़ में मुस्कुराते हुए सुशीला बोली।

"अच्छा ठीक है-ठीक है, यहाँ बैठकर सुस्ता लो, मैं कुछ ही देर में वापस आ जाऊंगा। और हाँ अक्षत पर से निगाहें मत हटाना, ध्यान रखना।" राजीव ने भी थोड़ा सा मुस्कुराते और एक पेड़ के नीचे बने चबूतरे की तरफ इशारा करते हुए कहा।

राजीव बाहर आ गया, वह पानी बेचने वाले के पास एक बोतल खरीदने के इरादे से रुका, तभी उसने सड़क के दूसरी तरफ एक संकरी गली में छोटी सी दुकान देखी, जहाँ चिप्स और गुटखे की लड़ियाँ टंगी हुई थीं। उसने उस दुकान तक जाने

का सोचा जिससे वह पानी के साथ-साथ अक्षत के लिए कुछ शीतल-पेय और चिप्स के पैकेट ले सके।

सड़क को पार करने के बाद उसने उस गली में प्रवेश किया। दो घरों को पार करने के पश्चात एक खाली जगह थी, जिसे देखकर लग रहा था कि वहाँ रहने वाले लोग उस जगह को कूड़ा-घर की तरह इस्तेमाल करते थे। कचरे का एक छोटा सा पहाड़ बना हुआ था वहाँ। थोड़ा और आगे बढ़ने पर उसे बायीं तरफ भी एक छोटी गली जाती दिखी। किन्तु उसे तो सीधे ही जाना था, दुकान उसे दिखाई दे रही थी। कुछ चार-पांच घरों को और पार करने के बाद वह दुकान के पास पहुँच गया।

दुकानदार एक बुज़ुर्ग सा आदमी था। लेकिन उम्र की अपेक्षा काफी तंदुरुस्त सा था। हाँ थोड़ा गुमसुम सा लगा, चेहरे पर मुस्कान की एक भी रेखा नहीं थी, कुल मिलाकर थोड़ा संदेहास्पद सा था।

राजीव ने अपनी जरुरत का सारा सामान (जिसमे अक्षत के लिए चॉकलेट और चिप्स भी शामिल थे) ख़रीदा और वापस मक़बरे की ओर चल पड़ा। चलते-चलते वह अभी तक के बीते हुए आज के दिन के बारे में सोचने लगा, कि कैसे आज का दिन अभी तक बहुत ख़ुशनुमा नहीं रहा...घर से निकलने से लेकर मक़बरे तक पहुँचने में घटित सभी घटनाएं...और अब ये संदेहास्पद सा बुज़ुर्ग दुकानदार। दुकानदार के बारे में सोचता हुआ राजीव एक बार फिर उस दुकान की तरफ देखने के लिए पलटा, और एक झलक देखने के बाद वापस मुड़ा तथा मक़बरे की तरफ चल दिया।

अचानक उसे ऐसा महसूस हुआ जैसे कोई उसका पीछा कर रहा हो। थोड़ा घबराकर वह पीछे मुड़ा तो देखा एक ग्यारह-बारह वर्ष का लड़का था। राजीव ने अपनी गति बढ़ा दी और पांच-छह मीटर आगे चलने के बाद उसने दोबारा पीछे मुड़कर देखा...वहाँ कोई नहीं था। उसे लगा कि फिर से उसका वहम होगा और वह अपनी सामान्य गति से आगे बढ़ने लगा।

राजीव अब उस खाली जगह के पास आ गया था, जहाँ कचरे का ढेर था। एकाएक फिर से उसे महसूस हुआ कि जैसे कोई उसका पीछा सा कर रह हो। वह एक बार फिर पलटा और पाया कि वहाँ वही लड़का था। वह राजीव की तरफ देखता हुआ अपना हाथ हिला रहा था और उसके इशारे से ऐसा मालूम हो रहा था, जैसे वह राजीव से कुछ कहना चाह रहा हो। उसने एक हल्के हरे रंग का पठानी सूट पहना हुआ था, और शायद उस छोटी गली से आया था जो दुकान की तरफ जाते हुए राजीव को मिली थी। राजीव ने समझने की कोशिश की, किन्तु वह उस लड़के की बात समझ नहीं पाया। फिर उसका ध्यान उस लड़के के हाथ पर गया, उसने बाएं हाथ में बीयर (एक प्रकार की मदिरा) की एक खाली बोतल थामी हुई थी। फिर वह उस बोतल को राजीव की तरफ दिखाकर हिलाने लगा। राजीव को कुछ समझ में नहीं आ रहा था।

'आखिर वह लड़का कहना क्या चाह रहा था? क्या उसे लग रहा था कि बीयर की वह बोतल राजीव ने वहाँ छोड़ी थी?' इससे पहले राजीव कुछ और सोच पाता, उस लड़के ने वह बोतल उसकी तरफ उछाल दी। राजीव एक तरफ हटकर बोतल

को चकमा देने में कामयाब हो गया, और वह खाली बोतल उस कचरे के ढेर पर जाकर गिर गयी।

राजीव ने वापस मुड़कर उस लड़के की तरफ देखा, वह लड़का भी वापस मुड़ रहा था, शायद कुछ बड़बड़ा भी रहा था। बड़बड़ाते हुए उसने अपने सूट की जेब से एक टोपी निकाली (वह टोपी सफ़ेद रंग की थी) तथा अपने सिर पर पहन ली उसके बाद वह उसी छोटी गली में गायब हो गया।

राजीव अब वापस मुख्य सड़क तक आ गया था। उसे पार करने के बाद वह मक़बरे के फाटक तक पहुँच गया। फिर वह उसी विशाल दरवाज़े के पास आ गया जहाँ कुछ दुकानें लगी हुईं थीं। अबकी बार उसने जब ज्योतिषाचार्य की तरफ देखा तो पाया कि वह पंडित जी अपनी जगह पर बैठे-बैठे ऊंघ रहे थे। उस पंडित शम्भूक लाल चतुर्वेदी को ऊंघते देख राजीव न चाहते हुए भी अपनी मुस्कराहट को रोक नहीं पाया तत्पश्चात उस विशाल दरवाज़े को पार करके अंदर तक आ गया।

राजीव अभी भी विचारों में लीन था, और अभी-अभी हुए घटनाक्रम को दोबारा से दूसरे पहलू से सोचने लगा।

"हो सकता है कि उसका यह सोचना गलत हो, कि वह गली वाला लड़का उस पर खाली बोतल फेंककर चोट पहुँचाना चाहता था। ऐसा भी तो हो सकता है कि वह उसे चेतावनी देना चाह रहा हो, ताकि वह बोतल राजीव को न लग जाए। क्योंकि इतना तो तय था कि उस खाली जगह को वहाँ रहने वाले लोग अपने घर का कूड़ा-कचरा डालने के लिए इस्तेमाल

करते थे, और वह लड़का उस खाली बोतल को बस कूड़े में फेंकने आया हो।"

इन सारे विचारों की उधेड़बुन में राजीव को पता ही नहीं चला कि कब वह उस जगह तक पहुँच गया, जहाँ वह सुशीला और अक्षत को अपनी प्रतीक्षा करने के लिए छोड़कर आया था।

अध्याय: ७

मिलाप

राजीव अभी भी उस गली में हुए घटनाक्रम में खोया हुआ था।

"जन्मदिन की हार्दिक बधाइयाँ!!!!!SS"

बधाई के शब्दों की गूँज का अपने कानों में पड़ने के बाद, राजीव जैसे नींद से जागा और थोड़ा चौंक भी गया। राजीव ने सामने देखा तो पाया कि उसका छोटा भाई 'धीरज' वहाँ खड़ा था, पता नहीं कहाँ से प्रकट हो गया था वह। उसे अपनी आँखों पर मानो विश्वास नहीं हो रहा था। धीरज थोड़ा थका हुआ प्रतीत हो रहा था किन्तु उसकी आँखों में छाई हुई ख़ुशी की चमक को नज़रअंदाज नहीं किया जा सकता था।

धीरज भी राजीव की तरह ही अच्छी खासी कद काठी का स्वामित्व रखने वाला व्यक्ति था। करीब-करीब छह फुट लम्बा, गेहुंआ रंग, काले लम्बे बाल, और राजीव की तरह साफ़ दाढ़ी न रखते हुए उसने काफी सुन्दर मूंछें भी पाली हुईं थीं। धीरज ने काले रंग की पतलून के साथ एक सफ़ेद रंग की बुशर्ट पहनी हुई थी, बुशर्ट की कफ और कॉलर आसमानी रंग के थे। वह अभी भी मुस्कुरा रहा था, हाथ में एक पैकेट भी पकड़ा हुआ था, जो कि एक चमकीले से रंग बिरंगे कागज़ में लिपटा हुआ था।

इससे पहले कि राजीव कुछ और सोच भी पाता उसने देखा कि वहाँ उसके पिता 'रसिक लाल' भी मौजूद हैं।

रसिक लाल अपनी उम्र के छः दशक पार कर चुके थे और करीब ६५-६६ वर्ष के थे। लगभग पूरे बाल सफ़ेद हो चुके थे, सफ़ेद बालों की पतली और छोटी मूंछें भी रखी हुई थीं । हालाँकि उनका कद अपने बच्चों की अपेक्षा कम था, पर सिलेटी रंग का सफारी सूट और हाथ में एक काली छड़ी उन पर खूब जँच रही थी।

राजीव ने विमूढ़ मुद्रा में सुशीला की तरफ निहारा, तो उसने पाया कि सुशीला के चेहरे पर एक प्यारी और संतुष्टि भरी मुस्कान थी।

"क्यों, रह गए न भौंचक्के?" सुशीला ने धीरे से फुसफुसाकर उससे पूछा।

राजीव को अब समझ में आ गया था कि यह सब सुशीला का ही किया धरा था । शायद इसीलिए वह बार-बार अपने फ़ोन की तरफ तब से देखे जा रही थी, राजीव के परिवार वालों से लगातार संपर्क बनाये रखने के लिए।

राजीव ने पहले तो आगे बढ़कर अपने पिता के चरण स्पर्श कर उनका आशीर्वाद लिया और फिर धीरज को अपनी बाहों में कस कर भींच लिया। यह समय राजीव के लिए काफी महत्व रखता था, उसे बहुत ही आनंद की अनुभूति हो रही थी, बस बयाँ नहीं कर पा रहा था। दोनों भाई गले मिलकर जैसे ही

अलग हुए, धीरज ने अपने हाथ में पकड़ा हुआ चमकीले कागज़ मे लिपटा हुआ तोहफा एक मुस्कराहट के साथ राजीव की तरफ बड़ा दिया। और कहा,

"भैया मेरी तरफ से एक छोटी सी भेंट स्वीकार करें।"

"अरे पगले! तुम सुधरोगे नहीं," ऐसा कहते हुए राजीव ने वह तोहफा धीरज के हांथों से लेकर सुशीला को झोले में रखने के लिए दे दिया।

"भैया यह क्या बात हुई?

मैं इतने प्यार से आपके लिए तोहफा लाया और आपने बिना खोले ही भाभी के हाथों में थमा दिया," प्यार भरी नाराज़गी जाहिर करते हुए धीरज ने कहा।

"ऐसी कोई बात नहीं है धीरू, मैंने तो सोचा कि घर पर जाकर आराम से देखूंगा तभी तुम्हारी भाभी को झोले में रखने के लिए दे दिया। किन्तु तुम चाहते हो तो अभी देखे लेते हैं कि मेरा प्यारा धीरू मेरे लिए क्या लाया है," यह कहते हुए राजीव ने वह पैकेट वापस सुशीला से लेने के लिए अपना हाथ उसकी तरफ बढ़ाया।

सुशीला ने भी झट से वह पैकेट उसको थमा दिया। राजीव ने उस पैकेट से चमकीला कागज़ हटाया, अंदर एक कलाई-घड़ी का डिब्बा था। डिब्बे को खोलकर देखा, उसके अंदर एक सुनहरे रंग के डॉयल वाली बहुत सुन्दर घड़ी करीने से सजाई गयी थी। उस घड़ी का पट्टा काले रंग का था तथा सुनहरे रंग

के साथ काले रंग की जुगलबंदी में एक अलग ही बात थी। उस कलाई घड़ी को देखते समय राजीव की आँखों की चमक थोड़ी बढ़ गयी थी जो कि स्वाभाविक था, परन्तु राजीव की आँखों की चमक को बढ़ता देख धीरज को अपने भाई से भी अधिक ख़ुशी हो रही थी। और इसका अंदाज़ा धीरज के चेहरे पर उभर आयी संतुष्टि की लकीरों को देखकर साफ़-साफ़ लगाया जा सकता था।

"वाह! अत्यधिक सुन्दर है," यह कहते हुए राजीव ने अपने भाई का धन्यवाद् किया और आगे बढ़कर एक बार फिर से अपनी बाहों में कस कर भींच लिया।

"काफी लम्बा सफर करके आये हो, आप थक गए होंगे, चलो बैठकर बात करते हैं," राजीव ने अपने पिता 'रसिक लाल' की तरफ देखते हुए कहा और यह कहते-कहते ही तोहफे वाली घड़ी का डिब्बा सुशीला की तरफ बढ़ा दिया।

सारा परिवार उसी चबूतरे पर पीपल के पेड़ के नीचे बैठ गया। और वे सब आपस में बातचीत करने लगे, आखिर काफी अंतराल के बाद जो मिलना हुआ था।

"तो भैया...आप और सैर सपाटे पर?

अकस्मात्?" धीरज ने राजीव से पूछा, क्योंकि वह भी अपने भाई के 'यात्रा' शब्द के डर से भली-भाँति परिचित था।

"हम तो घर ही आने वाले थे, आपको जन्मदिन की बधाइयां देने। भाभी ने एक छोटा सा समारोह भी आयोजित

करने की चर्चा कर रखी थी, फिर पता चला कि आप तो सैर-सपाटे के लिए निकल पड़े हैं," धीरज ने कहना जारी रखा।

"ऐसा कुछ भी नहीं है धीरू (राजीव अपने भाई को प्यार से 'धीरू' बुलाता था), कोई पहले से योजना नहीं थी, बल्कि आज ही इसके बारे में सोचा। यदि पहले बता दिया होता कि तुम और पिताजी आज गोरखपुर से हमारे पास आने वाले हो तो हम आज का कार्यक्रम रद्द कर देते," राजीव ने उत्तर दिया।

"अरे नहीं भैया, मेरा वो मतलब नहीं था। और यदि हमने पहले बता दिया होता तो इस तरह आपके जन्मदिन पर अचानक आकर आपको चकित कैसे करते?" धीरज मुस्कुराते हुए बोला।

रसिक लाल अपने पोते अक्षत के साथ खेल रहे थे तथा उनके चेहरे पर भी ख़ुशी की लहर साफ़ झलक रही थी।

सच में अपने जन्मदिन के मौके पर अपने पूरे परिवार का साथ, इससे अच्छा तोहफा शायद ही कुछ और होता। इसी सोच के साथ राजीव ने एक बार फिर सुशीला को देखा तथा इशारों-इशारों में इन सब के लिए उसे धन्यवाद किया।

सब कुछ कितना शांत और सुन्दर प्रतीत हो रहा था, राजीव के चेहरे पर भी संतोष झलक रहा था। अक्षत भी खेलते-खेलते थक गया था शायद और वहीं राजीव के पास में आकर सो गया था। राजीव उसके सर के बालों को सहला रहा था।

कई सारे अलग-अलग विषयों पर चर्चा होने लगी। राजीव को अपने भाई और पिता के माध्यम से अपने शहर गोरखपुर के बारे में माजूदा समय की कई जानकारियां मिलीं। इधर सब लोग बातचीत में व्यस्त थे और उधर सुशीला सबके लिए ब्रेड-सैंडविच बनाने में लगी थी। सभी लोग काफी खुश थे। एक बहुत ही खुशनुमा माहौल बना हुआ था। सबने करीब एक घंटे का समय वहाँ ऐसे ही बिताया।

अध्याय: ८

लाल रंग का क़िला

"चलो उस 'क़िले' तक चलते हैं," धीरज ने अपनी पहली ऊँगली से उस मक़बरे से कुछ ही दूरी पर दिखाई पड़ रही एक ईमारत की तरफ इशारा करते हुए कहा।

कहते-कहते ही वह चलने की तैयारी में उठकर खड़ा भी हो गया। राजीव को भी चबूतरे से उठाने के उद्देश्य से धीरज ने उसका हाथ पकड़कर अपनी ओर खींचना शुरू कर दिया। और पूछा,

"अच्छा अनुभव रहेगा। क्या कहते हो भैया?"

राजीव भी उठकर खड़ा हो चुका था। उसने अपने पिता और सुशीला की तरफ उनकी राय लेने के उद्देश्य से देखा, वे लोग भी धीरज की बात से सहमत ही लग रहे थे। बस फिर क्या था, सब लोगों का एक जैसा मत देखकर निर्णय हो चुका था। राजीव जैसे ही सोते हुए अक्षत को गोद में उठाने के लिए झुका, धीरज आगे आ गया।

"आज मेरा भतीजा उसके चाचू के साथ रहेगा," मुस्कुराकर अक्षत को अपनी गोद में उठाते हुए धीरज बोला।

और उधर सुशीला भी बाकी सामान उठाने लगी।

उन्होंने दो साईकिल रिक्शे क़िले के मुख्य-द्वार तक के लिए तय किये। एक रिक्शे पर सुशीला और राजीव तथा दूसरे पर रसिक लाल और धीरज चढ़कर बैठ गए अक्षत अभी भी धीरज की गोद में था। दोपहर अब ढलने लगी थी, शाम करीब थी। गर्मी कम नहीं हुई थी किन्तु गतिमान रिक्शों की गति के कारण शरीर को स्पर्श करती हवा की हल्की-हल्की लहर भी राहत प्रदान कर रही थी। वहाँ से क़िले तक आने में उन्हें करीब पंद्रह मिनट का समय लगा।

इस बार टिकट लेने, धीरज खिड़की तक गया। खिड़की तक जाते हुए उसने अक्षत को सुशीला के पास छोड़ा और कुछ ही समय में चार टिकटों के साथ वापस आ गया। धीरज ने फिर से अक्षत को अपनी गोद में लेने के लिए हाथ बढ़ाया किन्तु इस बार अक्षत अपनी माँ की गोद से नहीं उतरा।

"कोई बात नहीं देवरजी, मेरे पास ही रहने दीजिये, मैं संभाल लूँगी," अक्षत का मन देखते हुए सुशीला ने धीरज से कहा।

तत्पश्चात वे सब उस क़िले के अंदर जाने के लिए प्रवेश-द्वार की तरफ बढ़ गए।

बहुत ही बड़ी जगह थी वह, जहाँ क़िले की ईमारत का निर्माण हुआ था। उस ईमारत के निर्माण के लिए अधिकांशतः लाल रंग के पत्थरों का इस्तेमाल किया गया था। ईमारत की सामने वाली मुंडेर पर भारत का तिरंग-ध्वज भी लहरा रहा था, जो कि बाहर से भी देखा जा सकता था। मुख्य दरवाजे से अंदर आने के बाद उन्होंने देखा कि वहाँ और भी बहुत सारे

परिवार तथा कुछ नव-विवाहित जोड़े क़िले को देखने आये हुए थे। कुछ-एक विदेशी दंपत्ति भी समूह में अपने इतिहासकार (मार्गदर्शक) के साथ देखे जा सकते थे।

वे लोग थोड़ा और आगे बढ़े तो पाया कि रास्ते के बींचो-बीच एक दो खंड की ईमारत थी। आगे जाने का रास्ता उस ईमारत के दोनों किनारों से था। उस बींचों-बीच खड़ी ईमारत के और समीप पहुँचने पर पता चला कि वह एक संग्रहालय है, जोकि पुरातत्व-विभाग की देख-रेख में था। राजीव ने सोचा क्यों न इसे अंदर से भी देखा जाए, और इससे पहले कि वह इस बारे में सुशीला से पूछता,

"अरे वाह! ये संग्रहालय तो देखने लायक जगह प्रतीत होती है, हम थोड़ा इसे भी अंदर से देख लें क्या?" कहते हुए सुशीला ने खुद ही पूछ लिया।

ईमारत के दरवाज़े पर एक आधा फुट ऊँची देहरी थी और दरवाज़ा भी काफी वज़नी मालूम हो रहा था, बहुत ही भारी-भरकम लकड़ियों का प्रयोग किया गया था उसके निर्माण में। वह देहरी पार करने के बाद वे लोग एक बड़े से कमरे में पहुंचे जहाँ चारों तरफ शीशे की अलमारियां थी और उनके अंदर इतिहास से जुड़े कई सामान रखे हुए थे। जैसे उस मकबरे के नक़्शे, कुछ मुग़ल-कालीन शाशकों के हस्तनिर्मित चित्र, कुछ भिन्न-भिन्न धातु के बर्तन इत्यादि। तथा हर सामान के आगे एक-एक तख्ती लगी थी जिसमे उस सामान से सम्बंधित कुछ जानकारियाँ छपी हुईं थीं। एक बर्तन तो वहाँ ऐसा भी था जो विषाक्त भोजन के संपर्क में आने से ख़ुद-ब-ख़ुद टूट कर नष्ट

हो जाता था। कहा जाता है कि शाही लोगों का भोजन सर्वप्रथम उसी प्रकार के बर्तन में परोसा जाता था। और यदि भोजन विषयुक्त हो तो बर्तन के टूट जाने से बादशाहों और राजाओं के प्राण बच जाते थे, साथ ही शत्रुओं के भोजन को विषाक्त कर हानि पहुँचाने के प्रयास भी विफल हो जाते थे।

उस संग्रहालय का निचला हिस्सा अच्छे से घूम लेने के पश्चात ऊपरी मंज़िल तक जाने के लिए उन्होंने सीढ़ियों का रुख किया। राजीव ने सुशीला को संभलकर सीढ़ियाँ चढ़ने की हिदायत दी और अक्षत को ख़ुद गोद में ले लिया। इस मंज़िल में हथियारों का ज़खीरा था। तरह-तरह की तलवारें, बंदूकें, खंज़र, भाले और भी बहुत कुछ। उस ऊपरी मंज़िल को अच्छे से घूमने के बाद वे नीचे उतर आये, लेकिन नीचे आते ही रसिक लाल ने अपने घुटनों में दर्द की शिकायत की। हो भी क्यों न, आखिर उस संग्रहालय की सीढ़ियों की बनावट ही ऐसी थी कि कोई भी थक जाए फिर ऊपर से रसिक लाल का बुढ़ापा। वैसे भी ६० की उम्र के बाद कई लोगों के घुटनों में दर्द की शिकायत का होना एक आम बात है।

उन्होंने इधर उधर निगाहें फैलायीं और उस संग्रहालय की ईमारत के बाद वाले मैदान के दाहिनी तरफ स्थित विशालकाय बरगद के पेड़ के नीचे बना एक चबूतरा दिखा। सब लोग उसकी तरफ बढ़ चले। वहाँ पहले से ही एक परिवार अपनी बेटी के साथ विश्राम कर रहा था, लेकिन अभी भी उस चबूतरे पर पर्याप्त जगह थी। यह सोचकर राजीव उस परिवार के पास गया।

"आप लोगों को कोई आपत्ति तो नहीं, अगर हम भी इस चबूतरे के एक भाग पर थोड़ा सुस्ता लें तो?" राजीव ने आगे बढ़कर उस परिवार के एक सदस्य से पूछा।

"अरे! बिलकुल नहीं मियाँ, आप तशरीफ़ रखें," उस सदस्य ने मुस्कुराकर सहमति में सिर हिलाते हुए उत्तर दिया।

सभी लोग उस पेड़ के नीचे बैठ गए। कुछ देर तक चुप्पी छायी रही।

"आप का नाम? कहाँ से हैं आप लोग?" रसिक लाल ने वहाँ पहले से बैठे हुए व्यक्ति से पूछा तथा छायी हुई चुप्पी को तोड़कर बातचीत का सिलसिला बढ़ाने की कोशिश की।

"मैं 'ज़हीर' और ये हमारी बेग़म 'फातिमा' और बेटी 'शबीना' हैं। हम यहीं पास में ही रहते हैं। ऐसे ही कभी-कभी यहाँ घूमने आ जाते हैं, ख़ासकर यहाँ का 'फूलों का बाग़' बहुत ही लुभावना है," अपना परिचय देते हुए ज़हीर ने कहा।

ज़हीर करीब-करीब पचास की उम्र को पार कर चुका था। काफी अच्छी लम्बाई की दाढ़ी रखी हुई थी उसने, जिसके कुछ एक बाल सफ़ेद हो चुके थे। शरीर का वज़न करीब १०० किलो तो रहा ही होगा। उसने सफ़ेद रंग का कुर्ता-पायजामा पहना हुआ था, पायजामा लम्बाई में थोड़ा छोटा था, टखनों से ऊपर तक। एक गुलूबंद भी डाल रखा था गले में, जो काले-सफ़ेद रंग की चौखड़िया डिजाइन वाला था। आँखों पर नज़र का चश्मा था और सिर पर जालीदार सफ़ेद टोपी।

फातिमा ने एक बुर्का पहना हुआ था, जो इतने गहरे सिलेटी रंग का था, कि करीब-करीब काला ही प्रतीत हो रहा था। उनकी बेटी शबीना ने शायद उम्र का दूसरा दशक, नया-नया ही पार किया होगा। वह थोड़ी शर्मीली और कम बोलने वाले व्यक्तित्व की प्रतीत हो रही थी।

"आप भी अपने बारे में कुछ बताइये," ज़हीर ने बातचीत को और आगे बढ़ने के उद्देश्य से रसिक लाल से पूछा।

"ओह, यह मेरा बड़ा बेटा है 'राजीव', यह उसकी पत्नी 'सुशीला', और यह इसका बेटा और मेरा पोता 'अक्षत' है," रसिक लाल ने उन सब की तरफ एक-एक करके अपनी ऊँगली से इशारा करते हुए बताया।

"और यह मेरा छोटा बेटा 'धीरज' है," फिर से अपनी ऊँगली की मदद से धीरज की तरफ इशारा करते हुए रसिक लाल ने कहा।

"और मैं रसिक लाल, इलाहाबाद विश्वविद्यालय से सेवानिवृत्त प्रोफेसर। राजीव यहाँ अपनी पत्नी और बच्चे के साथ रहता है तथा धीरज मेरे साथ गोरखपुर में रहता है। हम यहाँ अपने बेटे राजीव को उसके जन्मदिन के अवसर पर बधाइयाँ देने आये हैं। अचानक से आकर उसको चकित कर देने का विचार था हमारा," ऐसा कहते हुए रसिक लाल ने अपनी बात जारी रखी।

ज़हीर ने साफ़ देखा था कि आख़िरी पंक्ति कहते हुए रसिक लाल के होंठों पर एक मुस्कराहट थिरक गयी थी। रसिकलाल की बात सुनकर जहीर ने राजीव की तरफ देखते हुए कहा,

"सालगिरह मुबारक हो मियां।"

"धन्यवाद आपका।" राजीव ने उत्तर में कहा।

अपने पिता और ज़हीर की इस बातचीत के दौरान एकाएक राजीव ने महसूस किया कि धीरज धीरे-धीरे शबीना की तरफ आकर्षित हो रहा था, हो भी क्यों न, शबीना थी ही सुन्दर। राजीव से यह भी छिपा नहीं रहा कि धीरज और शबीना के बीच आँखों ही आँखों में, एक-दूसरे के साथ आपस में, एक वार्तालाप सा शुरू हो चुका था।

सब कुछ ठीक-ठाक ही था कि अचानक उन्हें बाहर से आता हुआ कुछ शोर सा सुनाई दिया। धीरे-धीरे वह शोर पास आता गया और जैसे-जैसे पास आता गया, शोर की आवाज़ भी तीव्र होती गयी। बढ़ते हुए शोर से थोड़ा घबराकर सभी लोग, ज़हीर, फातिमा, शबीना, रसिक लाल, राजीव, सुशीला और धीरज एकदम से खड़े हो गए, और अक्षत रोने लगा। राजीव ने उसे अपनी गोद में उठा लिया और शांत करने की कोशिश में लग गया।

सभी लोग किंकर्तव्यविमूढ़ की मुद्रा में एक दूसरे को एकटक देखे जा रहे थे। थोड़ी ही देर में कुछ लोग अंदर से

बाहर की ओर जाने के लिए उस क़िले के मुख्य दरवाज़े की तरफ भागते हुए दिखे। चारों तरफ अफरा-तफरी सी मचने लगी। वे लोग अभी भी परिस्थिति को समझने का प्रयास कर रहे थे। तभी एक व्यक्ति उनके पास आकर रुका, और राजीव के परिवार की तरफ एक घृणात्मक दृष्टि डालते हुए ज़हीर की तरफ मुड़ गया।

"अरे! ज़हीर मियाँ, तुम यहाँ क्या कर रहे हो? तुम लोगों को जल्द से जल्द अपने घर की तरफ लौट जाना चाहिए।" वह व्यक्ति ज़हीर से बोला और बोलते हुए बीच-बीच में राजीव के परिवार के सदस्यों की तरफ भी तिरछी निगाहों से देखता जा रहा था।

"लेकिन हुआ क्या? इतना शोर-शराबा क्यों हो रहा है बाहर? और वो भी दफ़ातन, थोड़ी देर पहले तो ऐसे हालात न थे," ज़हीर ने पूछा।

इससे पहले कि वह व्यक्ति कुछ बोल पाता रसिक लाल भी उससे पूछ पड़े,

"हाँ भाई, ये हुआ क्या? अचानक से, कुछ समय पहले तो शांत स्थिति थी।"

"ज़नाब, कुछ ही पलों का वक़्त लगता है हालातों को बदलने में, और ठीक दिख रहे हालातों को ख़तरनाक मंजर में तब्दील होने में," उस व्यक्ति ने सभी को देखते हुए जवाब दिया।

तत्पश्चात उस व्यक्ति ने वहाँ अचानक से मच रही अफरा-तफरी की वजह से सबको वाक़िफ कराया।

असल में दादरी (दिल्ली से लगभग लगा हुआ एक छोटा शहर) में रहने वाले एक परिवार के बारे में ख़बर फैल रही थी। वास्तव में हुआ यूँ था कि उस परिवार के दो जवान लड़कों की, वहाँ के कुछ निवासियों द्वारा गुट बनाकर हत्या कर दी गई थी। और यह घटना सारे प्रतिष्ठित माध्यमों से समाचारों की सुर्खियों में आ चुकी थी। और इस समाचार के संचार के परिणामस्वरूप आवाम में बहुत आक्रोश फैल चुका था। इस आक्रोश के कारण सांप्रदायिक दंगों के भड़कने की आशंका जताई जा रही थी , तथा जिसकी वज़ह से एहतियातन जगह-जगह पुलिस-कर्मियों को तैनात किया जा रहा था। सरकार ने भी कथित घटना की गंभीरता को समझते हुए तात्कालिकता से आवश्यक कदम उठाने पर विचार करना शुरू कर दिया था। कर्फ़्यू लगने की सम्भावना भी जताई जा रही थी।

यह सब पता चलने के बाद राजीव को अपने परिवार की चिंता होने लगी, जो कि एक तरह से स्वाभाविक था। ज़हीर के चेहरे पर भी तनाव की रेखाएं साफ़ देखी जा सकतीं थीं।

दोनों परिवार एक दूसरे की तरफ देख रहे थे परन्तु उस स्थिति से निपटने का कोई उपाय नज़र नहीं आ रहा था, बस एक दूसरे की तरफ देखे जा रहे थे। करीब आधा मिनट तक वहाँ एक अजीब सी चुप्पी छाई रही।

"चलो घर वापिस चलते हैं," राजीव ने सुझाव देते हुए छाई हुई चुप्पी को तोड़ा।

सुशीला ने यह सुनते ही शीघ्रता से अपना सामान बटोरना शुरू कर दिया।

"लेकिन भैया, ऐसी स्थिति में हमारा यात्रा करना उचित नहीं होगा शायद। कफ्र्यू भी लग सकता है।

दंगे भड़क गए तो?

कुछ अनहोनी हो गयी तो?" धीरज ने सवालों को दाग़ते हुए चिंता जताई।

"आसपास कोई होटल देखकर वहाँ रात्रि बिता लेते हैं। मेरे विचार से कल सुबह तत्कालीन स्थितियों को समझते हुए तथा उन पर गौर करने के पश्चात ही कोई निर्णय लेना उचित होगा," धीरज ने अपनी बात जारी रखते हुए तुरंत ही सुझाव भी दिया।

ज़हीर उनकी बातचीत को सुन रहा था और बीच में हस्तक्षेप करते हुए राजीव के पिता की तरफ मुखातिब होते हुए उसने कहा,

"रसिक जी, मुझे नहीं लगता कि आप लोगों को घर जाने या होटल में ठहरने के बारे में सोचना भी चाहिए। मेरे ख्याल से इस हालात में घर तक जाने का या होटल में ठहरने का ख़तरा मोल लेना ठीक नहीं होगा। वैसे भी कोई भी होटल

यहाँ से २-३ किलोमीटर की दूरी से ज्यादा ही होगा, और इस फैलाव में सफ़र करना ठीक नहीं है, इस हालात में तो बिलकुल नहीं। सबसे बड़ी बात, यह इलाक़ा काफी भीड़-भाड़ वाला है, हर मज़हब को मानने वाले लोग यहाँ बसते हैं। ऐसे हालातों में आवाम में दहशत फैलना आम बात है। दहशतगर्द आवाम कब क्या कर-गुज़र जाए इससे तो आप भी वाक़िफ ही होंगे।"

ज़हीर की बातों को सुनने के बाद वहाँ एक बार फिर से चुप्पी छा गयी।

"आप लोग चाहें तो हमारे ग़रीबख़ाने में तशरीफ़ ले चलें और आज रात के लिए वहीं ठहर जाएँ, हम यहीं पास में ही रहते हैं। और सुबह हालातों को देखते हुए तय करें कि आगे क्या करना चाहिए," ज़हीर ने चुप्पी तोड़ी और सलाह दी।

राजीव कुछ भी सोच या समझ पाने की स्थिति में नहीं था, एक तो वैसे ही उसे 'यात्रा' शब्द का डर था। ऊपर से सुबह से पूरा दिन कुछ ख़ास नहीं गुज़रा था तथा अब यह सब शोरगुल और अफ़रातफरी।

"नहीं ज़हीर जी, हमें अपने घर ही चलना चाहिए और शीघ्र ही यह जगह छोड़ देनी चाहिए। बेवज़ह आपको भी तकलीफ होगी," राजीव ने ज़हीर से कहा।

"मुझे तो ज़हीर जी की सलाह उचित लग रही है, हमें इस बारे में सोचना चाहिए, क्या कहते हो?" रसिक लाल ने राजीव की बात को बीच में ही काटते हुए कहा।

कहते-कहते ही उन्होंने धीरज और राजीव की तरफ उनकी प्रतिक्रिया जानने के लिए देखा। धीरज तो पहले ही शबीना की तरफ आकर्षित था तथा ज़हीर के घर रुकने से उसका साथ थोड़ी देर तक और मिल सकने के लालच में उसने भी सहमति में अपना सिर हिलाते हुए कहा,

"हमें समय की गंभीरता को समझना चाहिए, ज़हीर जी की भी बात उचित है।"

फिर धीरज ने अपने भाई राजीव की तरफ देखते हुए कहना जारी रखा,

"कुछ नहीं तो हम थोड़ा समय तो इनके घर पर बिता ही सकते हैं, रात्रि के समय कोई आस-पास का होटल देख लेंगे, हो सकता है तब तक हालात कुछ सुधर जाएँ।"

बातचीत में व्यर्थ समय न गँवांकर राजीव भी सहमत हो गया और ज़हीर का सुझाव मानते हुए उनके घर जाने का निर्णय कर लिया। क्योंकि उसके विचार से उस समय उसका प्राथमिक उद्देश्य उस क़िले से अपने परिवार को बाहर निकालना था।

सभी लोग तुरंत ही किले के मुख्य-दरवाज़े से होते हुए बाहर आ चुके थे तथा तीव्रता से ज़हीर के घर की ओर बढ़ना शुरू कर दिया। बाहर का नज़ारा भी कोई भिन्न नहीं था, चहुँओर अफरा-तफरी का माहौल बना हुआ था। ज़हीर का घर उसके कथन के मुताबिक करीब पांच फर्लांग की दूरी पर ही

था। ज़हीर सबसे आगे चलता हुआ सबका मार्गदर्शन सा कर रहा था, सभी लोग उसके पीछे-पीछे चलते हुए आगे बढ़ने लगे। कुछ ही देर में वे सब उसी मक़बरे के पास पहुँच गए और ज़हीर ने पहले मुख्य सड़क को पार किया और फिर उसी रास्ते में दाखिल होने लगा जहाँ से अभी थोड़ी देर पहले राजीव सुशीला के लिए पानी लेकर आया था तथा जहाँ कुछ घरों के बाद कूड़े का ढेर था। राजीव को थोड़ा अजीब तो लगा पर अपने दिमाग को झटकते हुए सामान्य गति से ज़हीर के पीछे चलता रहा। तभी कुछ ऐसा हुआ जिसे देख राजीव चौंकते हुए थोड़ा ठिठक सा गया। ज़हीर अब उसी गली में घुस रहा था जहाँ से एक लड़का मदिरा की बोतल लेकर बाहर आया था और राजीव की तरफ फेंकी थी या कहें की उस कूड़े के ढेर की ओर फेंकी थी। उसका यूँ ठिठकना सुशीला से छुपा नहीं था और उसने दबी आवाज़ में राजीव से पूछा,

"क्या हुआ?"

"सब ठीक?"

"हाँ हाँ, सब ठीक," अपनी घबराहट को छिपाने की कोशिश करते हुए राजीव ने हड़बड़ाहट में उत्तर दिया और आगे बढ़ने लगा।

ज़हीर उस छोटी सी गली से दाहिनी तरफ मुड़ गया, पीछे-पीछे फ़ातिमा और शबीना भी। अब मुड़ने की बारी राजीव के परिवार की थी। ज़हीर के पीछे- पीछे मुड़ने के पश्चात राजीव ने देखा कि अब जिस रास्ते पर वे आ गए थे, वह आशा के

विपरीत काफी चौड़ा था। राजीव क्या, कोई भी अंदाज़ा नहीं लगा सकता था कि अंदर इतना चौड़ा रास्ता हो सकता है, वहाँ कई सारी दुकानें भी थीं, एक छोटा-बाजार सा लगता था वहाँ।

उस चौड़े रास्ते पर थोड़ा और आगे बढ़ने के बाद ज़हीर फिर से एक बायीं ओर जा रहे रास्ते में मुड़ गया, सभी लोग उसके पीछे-पीछे ही थे। यह रास्ता करीब एक फर्लांग का ही था तथा आगे से बंद था। जहां पर रास्ता बंद हो रहा था वहीं आखिर में ज़हीर का घर था। घर के सामने पहुँचते ही फातिमा और शबीना सबसे पहले तथा थोड़ा जल्दी में घर के अंदर प्रवेश कर गयीं।

राजीव ने बाहर से घर को निहारा। काफी पुरानी जगह प्रतीत हो रही थी लेकिन मजबूती से डटी हुई थी। ईमारत भी काफी प्राचीन और जीर्ण-शीर्ण अवस्था में थी। करीब दस फुट ऊँचा लकड़ी का मजबूत दरवाजा, दरवाज़े के आस-पास का पलस्तर उखड़ा हुआ था। उस मुख्य-दरवाज़े के ठीक ऊपर दीवार में ही एक पीपल का पेड़ उग आया था, देखने में कुछ नहीं तो तीन फुट बड़ा तो होगा ही। काफी भारी और मज़बूत लकड़ियों का प्रयोग किया गया था उस दरवाज़े को बनाने में, कुछ लोहे के बड़े कीलों जैसे आकार में उभरी हुई नक्काशी भी थी उस पर। दरवाज़े के दो कपाट थे तथा दाहिने कपाट में एक छोटा दरवाज़ा भी था, उसमे से होकर निकलने के लिए एक औसतन लम्बाई के व्यक्ति को भी झुकना पड़ता।

अधिकतर उसी छोटे दरवाज़े का आवागमन के लिए प्रयोग होता था शायद, क्योंकि फातिमा और शबीना भी उसी छोटे

दरवाज़े से अंदर गयीं थीं। और अंदर जाते समय जब वे दरवाज़े से प्रवेश कर रहीं थी तब राजीव ने उसमे से घर के अंदर की एक झलक देखी थी। अंदर से घर इतना पुराना नहीं लग रहा था, बाकी असलियत तो अंदर जाने के बाद ही पता चलनी थी।

अध्याय: ९

अनजाना घर

ज़हीर के घर के आस-पास का बाज़ार बंद होने लगा था, लोग हड़बड़ी में अपनी-अपनी दुकानें बंद करके अपने-अपने घर जाने की फ़िराक में थे।

जैसे ही सभी लोग (राजीव का परिवार और ज़हीर) उस छोटे दरवाज़े से होकर ज़हीर के घर में प्रवेश करने ही वाले थे, ठीक उसी समय एक व्यक्ति ज़हीर के पास आकर रुका और राजीव के परिवार की तरफ एक अजीब सी नज़र डालते हुए ज़हीर से पूछा,

"ये लोग कौन हैं?"

"ओह! रसिक लाल, हमारे पुराने ख़ानदानी दोस्त हैं, अपने पूरे परिवार के साथ हमसे मिलने आये हैं," ज़हीर ने उत्तर में कहा।

"हम्म, ठीक," कहते हुए वह व्यक्ति भी थोड़ा हड़बड़ी में वहाँ से चला गया।

सारे लोग अब घर में अंदर प्रवेश कर चुके थे।

"हमारा मक़ान ज्यादा बड़ा नहीं हैं, लेकिन हम सब लोगों के गुज़ारे लायक काफ़ी है।" यह कहते हुए ज़हीर ने अपने बेटे को आवाज़ दी, जिसका नाम शादाब था।

"शादाब... ... ...शादाब।"

तब तक वे लोग गलियारे से होते हुए एक बरामदे में आ गए थे। और ज़हीर की आवाज़ सुनने के बाद, बरामदे के दाहिने तरफ स्थित एक छोटे से कमरे से एक अठारह-बीस वर्ष का, गोरे रंग का स्वामित्व रखने वाला लड़का निकल कर ज़हीर के पास आकर खड़ा हो गया। उसने अपने हाथों की उँगलियों से कुछ इशारा किया, जिसके जवाब में ज़हीर ने भी सिर हिला दिया। ज़हीर के सिर हिलाते ही शादाब बरामदे के बायीं ओर बढ़ गया और वहाँ स्थित एक और कमरे का दरवाज़ा खोल दिया, शायद उस कमरे का प्रयोग वे लोग मेहमानों के बैठक के रूप में करते थे।

अपने हाथों से उस कमरे की तरफ इशारा करते हुए ज़हीर ने कहा,

"आईये रसिक जी, शादाब जब तक सबके लिए चाय लेकर आता है तब तक आप लोग यहाँ आराम फरमायें।"

बैठक में एक सोफा-सेट इस तरह डाला हुआ था कि उसका तीन गद्दियों वाला हिस्सा एक तरफ और उसके बाद एक-एक गद्दियों वाले दो सोफे एक साथ दूसरी तरफ, आपस में करीब नब्बे अंश का कोण बना रहे थे। उनके कोने में एक छोटी सी

मेज पर एक फूलदान रखा था जिसे नकली फूलों से सजाया गया था। जहाँ पर सोफा खत्म हो रहा था वहाँ से मिलाकर एक तख़त पड़ा था, जिस पर एक मसनद के आकार की तकिया तथा हरे रंग की राजस्थानी डिज़ाइन की चादर बिछी हुई थी। और इन सब के बीचों-बीच कांच और लकड़ी से निर्मित एक मेज़ पड़ी हुई थी। इन सबके अलावा जो चौथा हिस्सा था, वहाँ एक बड़ा सा डब्बे वाला टेलेविजन रखा हुआ था, जो कि थोड़ा पुराना लग रहा था। टेलीविज़न के पीछे वाली दीवार पर मक्का-मदीना की तस्वीर लटक रही थी। और बाकी की दूसरी दीवारों पर भी कुछ आकृतियां टंगी हुई थीं, जो हाथों की कलाकारी को बखूबी बयां कर रहीं थीं।

राजीव और रसिक लाल सोफे के एक-एक गद्दी वाले तथा सुशीला, धीरज, अक्षत तीन गद्दियों वाले हिस्से पर बैठ गए। ज़हीर भी वहीं तख़त पर बैठ गए।

राजीव अभी भी समझ नहीं पा रहा था कि उनका ज़हीर के घर आने का निर्णय सही भी था या नहीं। वह थोड़ा चिंतित भी था, और उसकी यह चिंतित अवस्था ज़हीर से छुपी न रही। शायद ज़हीर ने भी उसके माथे की शिकन को पढ़ लिया था।

"क्या हुआ राजीव? आप थोड़ा चिंतित लग रहे हैं, क्या आप शादाब के बारे में सोच रहे हैं?" ज़हीर ने राजीव को चिंतित देखकर उससे पूछा।

...असल में वह गूँगा है और बोल नहीं सकता, इसीलिए हम इशारों में बातें कर रहे थे," थोड़ा रूककर और राजीव के

कुछ बोल पाने से पहले ही खुद ही उत्तर देते हुए ज़हीर ने कहना जारी रखा।

उसके बाद ज़हीर ने आगे बताना शुरू किया।

" बहुत ज्यादा पुरानी बात नहीं है, जब इसी तरह से सांप्रदायिक दंगे भड़के थे। उन दंगों की शुरुआत शायद मुज़फ्फरनगर से हुई थी जैसे इस बार दादरी से। उस समय शादाब उसी किले के एक बागीचे में अपने जुड़वां भाई आफ़ताब के साथ खेल रहा था। तभी वहाँ कुछ लोगों का हुजूम उमड़ पड़ा और इससे पहले कि बच्चे कुछ सोच या समझ पाते, उन लोंगो ने झुण्ड में बच्चों पर हमला कर दिया और उस हमले में आफ़ताब ने अपनी जान गवाँ दी। शादाब बहुत डर गया था और डर की वजह से इतनी जोर से चीखा था कि वह अपनी आवाज़ ही खो बैठा।" इतना कहने के बाद ज़हीर थोड़ा रुका और उसने अपना चश्मा उतारते हुए एक बड़ी सी साँस ली।

राजीव और उसके परिवार ने देखा कि यह सब बयां करते हुए ज़हीर की आँखें भर आयीं थीं और वह अपनी आंखों से आंसू पोंछ रहा था।

"तब से शादाब ऐसा ही है, और जब कभी भी हमें आफ़ताब की याद आती है, हम उस किले में चले जाते है, जिगर में थोड़ी ठंडक आ जाती है। शबीना भी आज उसे याद कर रही थी तो हम उसे भी अपने साथ ले गए थे," ज़हीर ने अपना चश्मा वापस पहनते हुए कहना ज़ारी रखा।

राजीव और उसका परिवार ज़हीर की बातें सुनने के बाद जैसे सकते में आ गए थे।

"इन दंगों की वजह से हमेशा आम आदमियों का ही नुकसान होता है, लेकिन फिर भी कुछ मूर्ख लोग राजनैतिक नेताओं के बहकावे में आकर धर्म और मज़हब के नाम पर आपस में लड़ते रहते हैं," रसिक लाल ने अपने अध्यापन के अनुभव से कहा।

"मैंने भी अपनी पत्नी को अयोध्या में इन्हीं साम्प्रदायिक दंगों की चपेट में खो दिया था, जब हम भारत के तीर्थस्थानों के भ्रमण पर निकले थे," यह कहते-कहते रसिक लाल का गला भर्रा उठा था।

दो मिनट तक उस बैठक वाले कमरे में सन्नाटा छाया रहा। जिसे घर के बाहर की तरफ से अंदर आती एक नई आवाज़ ने तोड़ा।

"अब्बू...अब्बू......शबीना,"

आवाज़ के पीछे-पीछे उस आवाज़ के मालिक ने बरामदे से बैठक वाले कमरे में प्रवेश किया।

उम्र करीब २४-२५ वर्ष रही होगी, उसने सफ़ेद में पीले रंग की झलक लिए हुए रंग की पतलून, और गहरे हरे रंग की बुशर्ट पहनी हुई थी। पसीने से बनी हुई सफ़ेद रंग की लकीरें उसकी बुशर्ट पर साफ़ देखी जा सकती थीं। उसके इस हाल से साफ़

प्रतीत हो रहा था कि वह कहीं से भागता हुआ आया है। कमरे में हड़बड़ी से दाखिल होते हुए जैसे ही उसकी नज़र राजीव पर पड़ी, वह एकदम से ठिठक गया। फिर ज़हीर की तरफ इस तरह से देखा जैसे आँखों में ही घर में मौजूद अपरिचित व्यक्तियों के बारे में पूछ रहा हो।

"यह मेरा सबसे बड़ा बेटा 'शाबिर' है," ज़हीर ने कहा, और कहते हुए ज़हीर ने शाबिर से सबका परिचय कराया।

हालाँकि शाबिर की आँखों से साफ़ झलक रहा था कि वह राजीव के परिवार को वहाँ पाकर खुश नहीं था, लेकिन वह कोई प्रतिक्रिया न करते हुए उस कमरे से बाहर निकल गया।

उधर धीरज की आँखें शबीना की एक झलक पाने को तरस रहीं थीं। और जल्द ही भगवान ने उसकी सुन ली, क्योंकि कुछ देर बाद उसने देखा कि शबीना चाय की ट्रे लेकर बैठक में प्रवेश कर रही थी।

शबीना ने चाय की ट्रे वहाँ बीचों-बीच मौजूद कांच की मेज़ पर रखी और वापस कमरे से बाहर चली गयी। हालांकि इस बात पर किसी का ध्यान नहीं गया था की चाय की ट्रे रखते वक़्त उसने धीरे से धीरज की तरफ देखा था और धीरज तो उसे ही देख रहा था, तो दोनों की नज़रें एक बार फिर टकरायीं थीं।

ज़हीर ने आगे बढ़कर चाय की ट्रे उठाई और रसिक लाल की तरफ बढ़ाई और इशारे से चाय का कप उठाने को कहा।

रसिक लाल ने एक कप उठा कर वापस ज़हीर की तरफ बढ़ा दिया और कहा,

"लीजिये आप शुरुआत कीजिये।"

ज़हीर ने मुस्कुएरते हुए कप अपने दूसरे हाथ में ले लिया और फिर से ट्रे को रसिक लाल की तरफ बढ़ाया। रसिक लाल ने एक कप उठा लिया तत्पश्चात ज़हीर ने चाय की ट्रे को राजीव की तरफ बढ़ाया।

"अरे! लाइए मुझे दीजिये आप ख्वामखांह तकलीफ न करें।"

ऐसा कहते हुए राजीव ने चाय की ट्रे अपने हाथों में ले ली और उसे धीरज और सुशीला की तरफ बढ़ाया, दोनों ने एक-एक कप उठा लिया और बाद में राजीव ने बचा हुआ कप अपने हाथों में लेकर ट्रे को वापस मेज पर रख दिया। अब ट्रे में एक प्लेट रह गयी थी जिसमे कुछ बिस्कुट और थोड़ी मूंग दाल वाली नमकीन थी। सुशीला ने एक बिस्कुट उठा कर अक्षत को पकड़ा दिया, जिसे वह मजे से खाने लगा।

ज़हीर ने सबसे पहले बातों का सिलसिला जारी किया।

"रात के खाने में अब ज्यादा वक़्त नहीं रह गया है, मैं आप सबके लिए भी इंतज़ाम करवा देता हूँ," ज़हीर ने कहा।

"अरे नहीं ज़हीर जी उसकी कोई आवश्यकता नहीं है। हम बस थोड़ी देर के बाद वैसे भी आस-पास कोई होटल देखने वाले

हैं, फिर रात्रि का भोजन वहीं कर लेंगे।" राजीव ने तुरंत ही उत्तर देते हुए ज़हीर से कहा।

"कोई बात नहीं होटल देख लीजियेगा पर आज रात का खाना तो हमारे यहाँ ही खा लीजिये, हमें ख़ुशी होगी।"

"क्यों रसिक लाल जी, आपका क्या ख़्याल है?" ज़हीर ने रसिक लाल की तरफ देखते हुए कहा।

रसिक लाल ने भी ज़हीर के आग्रह को देखते हुए सहमति में अपना सिर हिला दिया।

फिर ज़हीर ने राजीव की तरफ देखते हुए उससे पूछा,

"अच्छा, बच्चे के लिए दूध का इंतजाम कराऊँ क्या?"

"अरे नहीं, बिस्कुट ही काफी है।" राजीव ने उत्तर दिया।

तत्पश्चात सभी लोग चाय की चुस्कियां लेने लगे। राजीव अभी भी थोड़ा असहज महसूस कर रहा था। एक तरफ दंगों की फिक्र और दूसरी तरफ ज़हीर के घर के आस पास भिन्न संप्रदाय के लोगों की बहुतायत। राजीव ज्यादा देर वहाँ रुकने का बिलकुल भी इच्छुक नहीं था और वह बेसब्री से रात्रि के भोजन के समय की बाट जोह रहा था। उसने सोच रखा था कि उसके बाद तो वह निश्चित तौर पर आस-पास कोई होटल तलाश लेगा।

रसिक लाल और ज़हीर आपस में कुछ बातचीत कर रहे थे, सुशीला अक्षत के साथ व्यस्त हो गयी और धीरज अपने फोन में।

सब कुछ ठीक ही लग रहा था। पर पता नहीं क्यों राजीव को कहीं कुछ तो खटक रहा था, पर क्या?...यह वो समझ नहीं पा रहा था। अथवा फिर से ये सारी असहजता उसका वहम मात्र ही था।

अध्याय: १०

रात्रि-भोजन

आख़िरकार वह घड़ी आ ही गयी जिसकी प्रतीक्षा राजीव कब से कर रहा था। रात्रि के भोजन का समय था और सभी लोग बरामदे के साथ लगे हुए खाने की जगह पर एकत्रित हो गए, वह जगह रसोईघर से लगी हुई ही थी। शादाब और शबीना ने वहीं ज़मीन पर चटाइयाँ बिछाकर सबके बैठने की व्यवस्था की।

ज़हीर के परिवार ने सबकी सहूलियत का पूरा ख़्याल रखा था।

इतना सब होने के बावजूद भी राजीव को कुछ तो गड़बड़ लग रही थी। सब कुछ सामान्य ही था किन्तु पता नहीं क्यों उनकी इतनी अच्छी मेहमान-नवाज़ी को वह पचा पाने में असमर्थ सा था। फिर उसने शाबिर की तरफ देखा और पाया कि वह अभी भी राजीव और उसके परिवार की तरफ एक अजीब तरह से देख रहा था, मानो घूर ही रहा हो। प्रतीत होता था जैसे उसे ज़हीर का राजीव के परिवार को घर में आमंत्रित करना पसंद नहीं आया था।

धीरज और शबीना भी एक दूसरे से रह-रह कर आँखें मिला रहे थे, जैसे इशारों-इशारों में ही आपस में बातचीत कर रहे हों। उन दोनों का यूँ नज़रें लड़ाना राजीव से अनदेखा नहीं रहा था। साफ़ झलक रहा था कि वे एक दूसरे की तरफ आकर्षित हैं। वैसे उनकी उम्र के पड़ाव में यह सब सामान्य ही था। अक़्सर

ऐसी उम्र में लोग आसानी से विपरीत लिंग के व्यक्ति की तरफ आकर्षित हो जाते हैं, बिना यह सोचे समझे कि उनकी प्रेम-कहानी का अंत क्या होगा। उनका एक दूसरे के प्रति आकर्षण भी राजीव की चिंता का एक विषय था, क्योंकि उसके पिता रसिक लाल इस मामले में बहुत ही रूढ़िवादी विचारों के थे। और अगर उनको इस बात की भनक लग जाती तो भगवान जाने क्या होता।

सबने रात्रि का भोजन समाप्त कर लिया था, भोजन आदि से निधरक होते ही राजीव ने सुशीला से कहा,

"सुशीला तैयारी करो, हमें आस-पास के क्षेत्र में होटल की तलाश करनी है।" यह कहकर उसने ज़हीर की तरफ रुख किया और बोला,

"अच्छा ज़हीर जी, आपने हमारी बड़ी मदद की तथा इतना ख्याल रखने का बहुत-बहुत शुक्रिया। अब हमें इज़ाज़त दें, हमें चलना होगा।"

कहते हुए वह अपने पिता की तरफ मुड़ा, यह जानने के लिए कि वे तैयार हुए या नहीं।

"लेकिन राजीव, बाहर तो काफी ख़तरा है, हालात अभी भी सुधरे नहीं हैं। मेरी सलाह मानो तो बाहर होटल के लिए जाने से पहले टेलीविज़न पर ताज़ा ख़बरें देख लेनी चाहिए।"

ज़हीर ने चिंता जताते हुए सुझाव दिया।

रसिक लाल भी ज़हीर के इस तर्क से सहमत हो गए। सभी लोग बैठक वाले कमरे में पहुँच गए, जहाँ टेलीविज़न रखा हुआ था। शादाब ने आगे बढ़कर टेलीविज़न चालू किया और समाचार चला दिए।

सभी जगह बस एक ही खबर चल रही थी। ख़बरों के अलग-अलग चैनल लगा कर देख लिया, परन्तु ऐसा प्रतीत हो रहा था कि सभी चैनलों के पास बस वही दादरी-हत्याकांड से जुड़ी ख़बर थी।

समाचारों के माध्यम से पुलिस भी इस तनावपूर्ण स्थिति की सूचना दे रही थी, और सुरक्षा की दृष्टि से किसी को भी घर से बाहर न निकलने की सलाह दे रही थी।

"देखो, मैंने कहा था न... बाहर बहुत ख़तरा है... हालात ठीक नहीं हैं," ज़हीर एकदम से बोले।

"हम्म, सही कह रहे हो। ऐसा लग रहा है कि स्थिति पहले से भी भयावह हो गयी है," रसिक लाल ने कहा।

"अब क्या करना चाहिए भैया?" धीरज ने राजीव से पूछा।

सुशीला भी यह सब सुनकर परेशान लग रही थी। अक्षत के बारे में सोचकर वह और भी घबरा गयी थी। उसने भी राजीव से वही प्रश्न किया,

"अब हम क्या करें राजीव?" परेशानी और डर उसकी आवाज़ में साफ़ झलक रहा था।

और इससे पहले कि राजीव कुछ बोल पाता,

"मैं तो फिर से यही मशवरा दूंगा कि आप सब लोग यहीं रुक जाओ। कुछ नहीं तो, आज की रात हमारे घर ही बिता लें, बाहर के हालतों से तो बेहतर ही होगा। और सुबह एक बार फिर से हालातों के मद्देनज़र तय कर लेना कि क्या करना चाहिए। वैसे सुबह के उजाले में निकलना ज्यादा महफ़ूज़ होगा। पुलिस के लिए भी रात के बजाय दिन में मदद करना आसान होगा।" ज़हीर ने सुझाव देते हुए कहा।

और एक बार फिर इससे पहले कि कोई कुछ बोल पाता, बैठक के बाहर से फातिमा की आवाज़ आयी,

"मैं भी यही कहूँगी कि यह वक़्त कहीं भी जाने या बाहर निकलने वाला नहीं है।"

सभी परिस्थितियों को ध्यान में रखते हुए राजीव और उसके परिवार ने आखिरकार ज़हीर के घर पर ही रात्रि बिताने का निर्णय कर लिया।

इन सब के बीच में धीरज और शबीना का एक दूसरे से नज़रें मिलाना बरक़रार था, एक दूसरे को देखते हुए वे मुस्कुरा भी रहे थे।

अध्याय: ११

लम्बी रात

एक छोटी सी समस्या आ खड़ी हुई थी, क्योंकि राजीव का परिवार भी रात्रि के लिए ज़हीर के यहाँ रुकने वाला था, तो अब उन सबके लिए भी व्यवस्था करनी थी। जिससे सभी लोग पर्याप्त नींद ले सकें।

थोड़े सोच विचार के बाद ज़हीर ने बरामदे में व्यवस्था करने का निर्णय किया। शादाब और शाबिर ने दूसरे कमरे से बिस्तर निकालकर बरामदे की ज़मीन पर बिछाने शुरू कर दिए।

आतिथ्य के भाव से ज़हीर के परिवार ने भी बरामदे में ही सो जाने का निर्णय किया था, इसीलिए बिस्तरों को शादाब और शाबिर ने दो भागों में विभाजित किया। एक भाग राजीव के परिवार के लिए और दूसरा अपने परिवार के लिए। गर्मी का मौसम था तो पंखों के बिना तो नींद आना असंभव सा था, इसी वजह से बिस्तरों के पास दो पंखों की भी व्यवस्था की गयी। फातिमा और शबीना के लिए ज़मीन पर बिछे बिस्तरों के पास में ही एक चारपाई डाल दी गयी, कुछ इस तरह से कि उन्हें भी पंखों की हवा मिल सके।

सभी लोगों ने अपना-अपना स्थान ग्रहण कर लिया था।

अब एक तरफ से देखा जाए तो एक भाग में क्रमशः सुशीला, अक्षत, राजीव, धीरज और रसिक लाल लेटे हुए थे। उसके बाद करीब तीन से चार फुट की जगह खाली छोड़ी हुई थी तथा उस खाली जगह के बाद क्रमशः ज़हीर, शादाब और शाबिर लेटे हुए थे। और उन सबके बाद एक चारपाई पर फ़ातिमा और शबीना थे।

"विश्वविद्यालय में आप कौन सा विषय पढ़ाते थे?"

लेटे-लेटे ही ज़हीर ने बातचीत शुरू की और रसिक लाल से पूछा।

"ओह! वे भी क्या दिन थे, भाषा 'संस्कृत' पढ़ाया करता था मैं," रसिक लाल ने उत्तर में कहा।

और उन दोनों की बातचीत शुरू हो गयी।

इधर राजीव प्यार से मुस्कुराता हुआ सुशीला की तरफ देख रहा था, और साथ में अक्षत (जो कि उन दोनों के बीच में ही लेटा हुआ था) के सिर पर प्यार से हाथ फेरता जा रहा था।

जल्द ही सबको नींद ने अपने आग़ोश में ले लिया। चारों तरफ सन्नाटा पसर गया। ऐसा प्रतीत हो रहा था कि वहाँ अब बस सन्नाटे का ही राज्य था।

थोड़ी देर बाद राजीव अचानक हड़बड़ाकर उठ बैठा, उसे कुछ फुसफुसाहट सी सुनाई दी थी। धीरज भी अपनी जगह पर नहीं था। हड़बड़ाहट में उसने फुसफुसाहट की आवाज़ की दिशा

में देखा और पाया कि धीरज शबीना के पास पहुँच गया है और उसकी चारपाई के बगल में ही बैठा हुआ है। शबीना भी जाग रही है लेकिन लेटी हुई है तथा दोनों आपस में कुछ प्यार भरी बातें करने में मशगूल हैं।

"ये लोग इतनी रात गए क्या बात कर रहे हैं?"

राजीव ने अपने मन में अपने आप से ही सवाल किया।

तभी उसने देखा कि धीरज और शबीना ने एक दूसरे का हाथ पकड़ा हुआ है और एक दूसरे की आँखों में झांक रहे हैं। यह देख कर राजीव अपने आप पर काबू न रख सका और उनको तुरंत ही खड़े होकर रोकने की कोशिश की।

जैसे ही वह खड़ा होने लगा उसके शरीर में एक अजीब सा झटका लगा, और उसने पाया कि वह अभी भी अक्षत के बगल में लेटा हुआ है। राजीव फिर से उठकर बैठ गया। धड़कते दिल से उसने एक बार फिर से धीरज की तरफ अपनी निगाहें घुमाईं, उसने देखा कि धीरज अपनी ही जगह पर सो रहा था। उसे कुछ भी समझ में नहीं आ रहा था। फिर उसने शबीना की तरफ देखा, वह भी अपनी जगह पर सो रही थी। सब कुछ सामान्य अवस्था में था।

शायद पहले उसने सपना देखा था। पूरे दिन की घटनाएं बहुत खुशनुमा नहीं रही थीं। सिर्फ एक घटना के अलावा, और वह थी अपने पिता और धीरज से मुलाकात। इस एक घटना को छोड़कर बाकी सभी घटनाओं के बारे में गहन चिंतन करने के कारण ही शायद उसे ऐसे सपने आ रहे थे।

यह सब सोचते हुए राजीव को थोड़ी प्यास का अहसास हुआ। वह बरामदे के एक कोने में स्थित खम्भे की तरफ गया। वहाँ एक मटका और एक सुराही रखी हुई थी, उनके ऊपर मिटटी से बने हुए ढक्कन थे। सुराही के पास में दो गिलास रखे हुए थे। खम्भे में एक कील गड़ी थी जिसके सहारे एक स्टील की पत्ती सी टंगी थी, उस पत्ती के दूसरे सिरे पर एक गिलासनुमा बर्तन बंधा हुआ था। राजीव ने वहाँ रखे एक गिलास को उठाया, उसमे सुराही से पानी लिया और पीना शुरू किया। अभी उसने पानी पीना ख़त्म भी नहीं किया था कि उसे एक बार फिर से फुसफुसाहट सुनाई दी। इस बार ये दबी हुई आवाज़ें घर के गलियारे से आ रहीं थीं, जो कि मुख्य-दरवाज़े के पास था।

राजीव को कुछ भी साफ नहीं सुनाई दे रहा था, तो उसने गलियारे के थोड़ा क़रीब जाकर ठीक तरह से सुनने की कोशिश की। वहाँ जाकर उसने देखा कि शाबिर अपने पिता 'ज़हीर' से दबी हुई आवाज़ में बहस कर रहा था। वह थोड़ा भड़का हुआ सा लग रह था और ज़हीर उसे शांत करने की कोशिश में लगे हुए थे। वहाँ उन दोनों के अलावा और भी एक व्यक्ति मौजूद था। और वह अपरिचित व्यक्ति ज़हीर के परिवार से तो शर्तिया नहीं था। उस अनजाने व्यक्ति के हाथ में कुछ तो था, कुछ चमकदार सी स्टील या लोहे की छड़ जैसा। एक तरह का कोई धारदार हथियार प्रतीत हो रहा था। उस हथियार जैसी वस्तु को उस अनजान व्यक्ति के हाथों में देखकर राजीव एकदम से घबरा गया और पानी का गिलास उसके हाथों से फिसलकर नीचे गिर गया।

टन...टन...टनन...टनाक...

ज़मीन पर गिलास गिरने की आवाज़ हुई, उस आवाज़ से ज़हीर, शाबिर और उस अनजाने व्यक्ति का ध्यान राजीव की तरफ आकर्षित हो गया।

ज़हीर ने पलटकर राजीव की तरफ एक नज़र देखा, फिर उस अनजान व्यक्ति को समझा-बुझाकर जल्दी-जल्दी में घर के बाहर भेज दिया। उसके बाद वह अपने बेटे शाबिर को शांत करने में लग गया। राजीव को कुछ एकतरफा सी बातें सुनाई दीं,

"ये ज़िन्दगी है बेटा..."

"फ़िक्र न करो, ऐसा हो जाता है..."

"और भी बहुत मौके आएंगे ज़िन्दगी में..."

"नाराज़ होने की बात नहीं है..."

शाबिर अपने पिता कि बातों से संतुष्ट नहीं लग रहा था, लेकिन टालने वाले अंदाज़ में अपना सर हिलाकर राजीव के बगल से होता हुआ घर के अंदर चला गया। शाबिर के वहां से जाने के बाद ज़हीर राजीव के पास आया।

"मुआफ़ कीजियेगा, हमारी वज़ह से आपकी नींद हराम हुई। लेकिन फिक्र की कोई बात नहीं है,"

ज़हीर ने राजीव को घबराया देख, दिलासा देने के अंदाज़ में कहा।

"असल में शाबिर की कोई माशूक़ा है, उसी के छेड़खानी के सम्बन्ध में कॉलेज के कुछ लड़के आपस में झगड़ गए होंगे। आजकल के बच्चों को आप जानते ही हैं, गुस्सा बहुत जल्दी आता है इन्हें। ज़रा-ज़रा सी बात पर ही अपना आपा खो बैठते हैं। शाबिर तो इसी वक़्त ही अपने पड़ोस के दोस्त के साथ मिलकर रात में ही लड़ाई करने चल पड़ा था। लेकिन मैंने समझा दिया है। अब फिक्र की कोई बात नहीं है, सबकुछ काबू में है,"

ज़हीर ने थोड़ा विस्तार से बताया और फिर से एक बार दिलासा दिया।

राजीव आश्वस्त तो हो गया पर साथ ही साथ उसे थोड़ा संदेह भी हो रहा था। उसके दिमाग में एक बार फिर से पूरे दिन की घटनाएं घूम गयीं, परन्तु इस बार उसे केवल बुरी घटनाओं के बारे में ही याद आ रहा था। इन सब सोच विचार के बीच, वह वापस सोने के लिए बिस्तर पर जाकर लेट गया। किन्तु बहुत अच्छे से नींद कहाँ आने वाली थी अब।

अध्याय: १२

घर वापसी

राजीव सुबक तड़के चार बजे ही उठ गया था। बिना किसी से बात या सलाह किये हुए इंटरनेट के माध्यम से एक किराये की गाड़ी को तय करने में जुट गया, घर वापस जाने के लिए। राजीव ने सात गद्दियों वाली बड़ी गाड़ी तय करना उचित समझा। यह ध्यान में रखते हुए कि अब उसके साथ उसके पिता और भाई भी हैं, तो सबके लिए पर्याप्त जगह की आवश्यकता को पूरा करने में बड़ी गाड़ी सक्षम होगी।

राजीव थोड़ा जल्दबाज़ी में लग रहा था, सुशीला से भी उसने जल्दी करने को कहा।

"मैं जितना जल्दी हो सकता है कोशिश कर रहीं हूँ, पर हुआ क्या? इतनी जल्दी क्यों मचा रहे हो? वो भी अचानक से, कहीं हमसे कुछ छुपा तो नहीं रहे?" सुशीला ने थोड़ा चिंता व्यक्त करते हुए एक सांस में ही धड़ाधड़ कई प्रश्न पूछ लिए।

"सब बता दूंगा, पर पहले तुम जल्दी करो थोड़ा। मुझे पापा और धीरू को भी तैयार होने को कहना है अभी," राजीव ने उत्तर में कहा।

"पापा, मैंने वापस जाने के लिए गाड़ी कर ली है, बस अब किसी भी समय आती ही होगी। कृपया थोड़ा शीघ्रता करें," राजीव अपने पिता से बोला।

इस समय राजीव का परिवार बैठक में आ चुका था। पीछे से ज़हीर ने भी बैठक में प्रवेश किया और पूछा,

"क्या हुआ राजीव? आप लोग तो एकदम तैयार हैं, क्या अभी ही जाने की तैयारी में हैं?"

हालाँकि राजीव बीती रात की घटना से थोड़ा डरा और घबराया हुआ था, लेकिन अपने डर को सुंदरता से छिपाते हुए ज़हीर को उत्तर दिया,

"हाँ ज़हीर जी, मैंने गाड़ी कर ली है, बस आती ही होगी। असल में कल मुझे अपने कार्यालय भी जाना होगा और हमारी गाड़ी कल ख़राब हो गयी थी, उसे भी आज के आज ठीक कराना पड़ेगा, इसलिए थोड़ा जल्दी करने की कोशिश में हूँ।"

"ओह! मैं शबीना से कहता हूँ की आप सभी लोगों के लिए जल्दी से चाय बना दे," यह कहते हुए ज़हीर बैठक से बाहर निकल गए।

थोड़ी ही देर में शादाब सबके लिए चाय लेकर अंदर आया। सबने चाय का कप उठाकर चुस्कियां लेना शुरू कर दिया। तभी राजीव का फ़ोन बज उठा।

"हेलो....." राजीव ने फ़ोन उठाया और कहा।

"ओह!...हाँ.....हाँ"

"हम तैयार हैं......"

"कितना समय और लगेगा आपको?......"

"अच्छा ठीक है, हम बाहर ही मिल जाएंगे, धन्यवाद।"

सभी लोग राजीव के इस एकतरफा वार्तालाप को सुन रहे थे। साफ़ समझ में आ रहा था की दूसरी तरफ जो बात कर रहा था वो गाड़ी का चालक था। सारा सामान बटोरकर वो सभी बाहर आ गए थे।

जैसे ही गाड़ी ज़हीर के घर के दरवाज़े के सामने आकर रुकी, राजीव ने देखा कि शबीना भी कुछ सामान लेकर तैयार थी। उसे कुछ भी समझ में नहीं आया।

"राजीव, असल में शबीना एक छात्रावास में रहकर पढ़ाई कर रही है जो कि ग्रेटर-नोएडा में है। कल की अफरातफरी और भगदड़ के बारे में तो तुम्हे पता ही है। इसलिए शबीना सोच रही है दूसरी गाड़ी से अकेले जाने से आप लोंगो के साथ जाना ज्यादा महफ़ूज़ होगा। गाड़ी आप लोंगो को आपके घर छोड़ने के बाद उसे उसके छात्रावास तक ले जाएगी। इससे दिल्ली और उत्तर-प्रदेश की सरहद पार करते वक़्त आप लोंगो के साथ होगी तो हमें भी कम फिक्र होगी," ज़हीर ने उसे विस्तार से समझाया।

"उम्मीद है आपको कोई परेशानी नहीं होगी?" समझाने के बाद ज़हीर ने राजीव से पूछा।

"कोई बात नहीं ज़हीरजी," राजीव चाहते हुए भी कुछ और नहीं कह पाया।

राजीव सामान गाड़ी में रखने लग गया, रखते समय उसने देखा शबीना धीरज को देखकर मुस्कुरा रही थी, धीरज ने भी उत्तर में मुस्करा दिया।

इन सब के बीच राजीव ने शाबिर की तरफ देखा, वह खुश नहीं लग रहा था।

सभी लोग गाड़ी में सवार हो चुके थे। तभी शाबिर गाड़ी की खिड़की के पास आया और शबीना से बात करने लगा।

"तुमने वादा किया था कि अपनी बात से नहीं फिरोगी,"शाबिर ने शबीना से कहा।

"हाँ,"शबीना ने कहा।

"पर कब...और कैसे?" शाबिर ने बेचैनी से दोबारा पूछा।

"फिक्र न करो...मैं निभाऊंगी,"शबीना ने उत्तर दिया।

"पर तुम तो अपने छात्रावास जा रही हो," शाबिर ने फिर पूछा और अब वह और भी ज्यादा बेचैन लग रहा था।

"तो क्या हुआ ग़र मैं अपने छात्रावास जा रही हूँ, मैं अपना वादा निभाऊंगी। मैं एक बार फिर से वादा कर रही हूँ," शबीना ने मुस्कुराकर शाबिर को उत्तर दिया।

शाबिर अपनी बहन की बातों से सहमत तो नहीं दिख रहा था, लेकिन गाड़ी चलने के लिए चालू हो चुकी थी, इसलिए उसने अपने कदम पीछे हटा लिए।

राजीव को इस वार्तालाप का कोई अवचित्त समझ में नहीं आया, कुछ तो गड़बड़ सी लग रही थी। उसका दिमाग यह मानने को तैयार नहीं था कि शाबिर अपनी बहन की प्रति इतना भावुक होगा। ऊपर से शाबिर का बीती रात्रि के रूप को देखने के बाद तो बिलकुल भी नहीं। शाबिर के बीती रात्रि के अवतार के बाद राजीव उसकी तथाकथित प्यार भरी भावुक बातें चाहकर भी हजम कर पाने में असमर्थ था।

ख़ैर... अब गाड़ी ने गलियों से निकलकर मुख्य सड़क पर सरपट दौड़ना आरम्भ कर दिया था। राजीव अभी भी शबीना और शाबिर के वार्तालाप के बारे में ही सोच रहा था । इस बीच उसका ध्यान ही नहीं गया कि अक्षत उसकी तरफ प्यार से देख रहा था। अक्षत को प्यार से अपनी तरफ़ निहारता हुआ देखकर राजीव अपने आप को रोक न सका और उसके साथ प्यार से खेलने लगा। उसके साथ खेलते हुए वह शबीना और शाबिर के वार्तालाप के बारे में धीरे-धीरे भूलने लगा।

दूसरी तरफ शबीना और धीरज का एक दूसरे को मुस्कराहट का आदान प्रदान जारी था।

राजीव को धीरज की भावनाओं का अहसास होने के साथ-साथ थोड़ा डर भी था, इन सबसे हो सकने वाले दुष्परिणामों का। उसने धीरज से इसके बारे में बात करने का विचार तो बनाया, लेकिन शबीना की मौजूदगी के कारण अपने आप को रोक लिया।

घर तक के इस सफ़र के दौरान किसी ने ज्यादा कुछ बातचीत नहीं की। सुबह सुबह रास्ता लगभग खली होने की

वजह से जल्द ही गाड़ी राजीव के घर के सामने आकर रुक गयी। राजीव और उसका परिवार नीचे उतर गया, सुशीला और अक्षत सबसे पहले घर के अंदर प्रवेश कर चुके थे। धीरज गाड़ी से सामान उतारकर घर के अंदर रखने में व्यस्त हो गया, उधर राजीव अपने पिता को गाड़ी से उतरने में सहारा देने लग गया। इसी समय धीरज गाड़ी से आख़िरी सामान उतार रहा था, जिसे उतारते हुए उसने फिर से एक बार शबीना को देखकर मुस्कुरा दिया, प्रतुत्तर में शबीना भी मुस्कुरा दी।

"एक चाय तो हमारे साथ बनती है," धीरज अब अपने आप को रोक न सका और शबीना से बोला।

यह सुनकर राजीव ने एक बार धीरज की तरफ देखा और फिर शबीना की तरफ, और इससे पहले कि कोई प्रतिक्रिया करता, रसिक लाल ने भी धीरज का साथ देते हुए कहा,

"हाँ शबीना, एक चाय तो बनती है। थोड़ा विश्राम भी हो जायेगा और उसके बाद तुम अपने छात्रावास के लिए निकल जाना।"

अपने पिता की यह बात सुनकर धीरज का तो जैसे ख़ुशी का ठिकाना न रहा, उसकी तो मुराद ही पूरी हो गयी।

"लेकिन चाचाजी, मुझे पहले अब्बू को ख़बर करनी होगी," शबीना ने रसिक लाल से कहा।

"कोई बात नहीं...और हाँ, यह सही भी है...कोई भी निर्णय करने से पहले अपने अब्बू की स्वीकृत लेना उचित होगा," रसिक लाल ने सहमति जताते हुए कहा।

शबीना ने अपने फ़ोन से एक संख्या डायल कर दी।

"हेलो..."

"हाँ...लगभग..."

"अभी चाचाजी के घर तक पहुंची हूँ..."

"हाँ, थोड़ी देर के लिए यहीं रुक रही हूँ......"

"नहीं......"

"चाचाजी भी चाय के लिए कह रहे हैं..."

"अब्बू को भी बता देना..."

राजीव शबीना की एकतरफा बातचीत सुन रहा था।

"क्या हुआ?" राजीव ने उससे पूछा।

"फ़ोन शाबिर भाईजान ने उठाया था, तो मैं उन्हीं को ख़बर कर रही थी," शबीना ने उत्तर दिया।

राजीव को फिर से कुछ संदेह हुआ, लेकिन नज़रअंदाज करते हुए उसने गाड़ी वाले को किराये का भुगतान किया। भुगतान मिलने के बाद गाड़ी वहां से चली गयी।

सभी लोग घर के अंदर आ चुके थे। धीरज ने शबीना को बैठक का रास्ता दिखाया। बैठक बहुत ही सुन्दर तरीके से सजाया गया था, वाकई सुशीला इसके लिए क़ाबिले तारीफ़ थी। बैठक घर के बाहर वाली सड़क की तरफ ही था, क्योंकि खिड़कियों से बाहर की सड़क देखी जा सकती थी। सोफे इस तरह से रखे गए थे कि उनके बीच में कांच की मेज़ के लिए पर्याप्त जगह थी। एक तरफ तीन गद्दियों वाला हिस्सा और दूसरी तरफ एक-एक गद्दी वाला हिस्सा मिलाकर आमने-सामने रखा था। सोफे और मेज़ के नीचे वाली फर्श पर एक खूबसूरत कालीन बिछा था। तीन दीवारों पर हल्का गुलाबी रंग था और एक पर गहरा गुलाबी। गहरे गुलाबी वाली दीवार पर नए ज़माने का एक पतला सा टेलीवीज़न टंगा हुआ था। खिड़कियों पर सफ़ेद और नीले रंग के पर्दे थे। एक दीवार पर राजीव, सुशीला और अक्षत की फोटो को सजाया गया था, और दूसरी दीवार पर एक लालटेन के आकार वाली लाइट लगी हुई थी।

धीरज ने शबीना का सामान वहीं बैठक में एक तरफ रख दिया तत्पश्चात वापस अंदर चला गया। शबीना एक गद्दी वाले सोफे पर बैठ गयी और अपने फ़ोन पर कुछ देखने लगी। उसी समय सुशीला ने बैठक में प्रवेश किया।

"आपको प्यास लगी है क्या?" उसने शबीना से पूछा।

"हाँ, थोड़ा पानी मिल जाए तो..." शबीना ने कहा।

"अच्छा, आप सिर्फ पानी लेना पसंद करोगे या रूहअफज़ा वाला शरबत?" सुशीला ने विकल्प दिया।

"शरबत ज्यादा अच्छा रहेगा," मुस्कुराते हुए शबीना ने उत्तर दिया।

सुशीला बैठक से निकलकर रसोईघर में चली गयी, और तभी धीरज ने अक्षत के साथ बैठक में प्रवेश किया। शबीना और धीरज दोनों ने एक दूसरे से एक मुस्कराहट का आदान प्रदान किया तथा धीरज वहीं तीन गद्दी वाले सोफे पर बैठ गया और अक्षत को अपने बगल में बैठा लिया।

धीरज ने थोड़ी हिम्मत जुटाई और अक्षत के माध्यम से शबीना से बातचीत शुरू करने का प्रयास किया।

"नमस्ते करो," धीरज ने कनखियों से शबीना की तरफ देखते हुए अक्षत से कहा।

"नामत्ते," अक्षत ने थोड़ा तुतलाते हुए कहा।

"नमस्ते बेटा," शबीना ने मुस्कुराते हुए प्यार से कहा।

"पूछो...आप कैसे हो?" धीरज ने अक्षत से कहा।

असल में धीरज शबीना से पूछना चाहता था, किन्तु सीधे शबीना से बात करने की हिम्मत अभी जुटा नहीं पाया था इसलिए अक्षत को माध्यम बनाकर अपनी बातचीत शुरू करना चाह रहा था। शबीना के प्रति अपनी भावनाओं का तो उसे पता था, परन्तु शबीना की भावनाओं को जानने की उत्सुकता थी।

"आप तैसे हो?" अक्षत ने अपनी तोतली भाषा में शबीना से पूछा।

"मैं अच्छी हूँ, आप कैसे हो?" शबीना ने उत्तर देते हुए पलटकर प्रश्न किया।

"मैं भी तीक, धन्यबाद," अक्षत ने तुरंत कहा।

"कितना प्यारा है, इसकी तोतली जुबां तो और भी ज़्यादा," कहते हुए शबीना ने अक्षत को अपने हांथों में लेकर अपनी गोद में बिठा लिया।

जब शबीना अक्षत को अपनी गोद में उठा रही थी तब अनायास ही उसका हाथ धीरज के हांथों से स्पर्श हो गया। धीरज को तो इस स्पर्श से मानो बिजली का झटका लगा हो, उसके पूरे शरीर में एक अजीब सी झुरझुरी दौड़ गयी।

शबीना को इस बात का अंदाजा था, लेकिन कोई प्रतिक्रिया न देते हुए वह अक्षत के साथ खेलने लगी।

"हमारे यहाँ आपको ठीक तो लग रहा है न?"

इस बार धीरज ने पूरी हिम्मत जुटाकर सीधे शबीना से प्रश्न कर ही लिया। किन्तु उसकी आवाज़ में थोड़ा संकोच भी झलक रहा था। उसने ऐसे कभी लड़कियों से बात नहीं की थी। थोड़ा डरा हुआ भी था, शायद यह सोचकर कि पता नहीं शबीना इसपर क्या प्रतिक्रिया देगी।

"सब ठीक है," शबीना ने धीरज को उत्तर दिया।

शबीना का जवाब सुनकर धीरज को ऐसा महसूस हुआ जैसे उसे स्वर्ग की प्राप्ति हो गयी हो। उसके लिए यह वार्तालाप शुरू कर लेना भी एक विश्वयुद्ध जीतने के समान था। किन्तु अब वह ये नहीं सोच पा रहा था कि इस बातचीत को आगे कैसे बढ़ाया जाए। इससे पहले कि वह इस बारे में कुछ और सोच पाता,

"वैसे यहाँ आते वक़्त आप लोंगो का साथ अच्छा लगा, ख़ासकर आपका तो कुछ ज्यादा ही," शबीना ने कहा और बातचीत में ख़ुद ही एक कदम आगे बढ़ा दिया।

अब धीरज संकोच और हिचकिचाहट से बाहर आ रहा था, तभी उसकी भाभी (सुशीला) ने बैठक में प्रवेश किया। उसके हाथों में एक ट्रे थी, उसमे दो गिलास शरबत था। उसने वह ट्रे वहीं मेज़ पर रख दी और इशारे से दोनों को पीने के लिए कहा। फिर वह अक्षत को अपनी गोद में लेने के लिए आगे बढ़ी और कहा,

"चलो, अब दीदी को तंग मत करो।"

लेकिन शबीना ने सुशीला को बीच में ही रोक दिया और कहा,

"कोई बात नहीं खेलने दीजिये, मुझे कोई दिक्कत नहीं है।"

शबीना और सुशीला ने एक दूसरे को मुस्कुराकर देखा, फिर सुशीला बैठक से बाहर निकल गयी।

धीरज ने शरबत एक का गिलास शबीना की तरफ बढ़ा दिया।

"अच्छा, तो 'ख़ासकर' मेरे साथ के लिए आप हमारे साथ आयीं," दूसरा गिलास अपने होंठों से लगाते समय और 'ख़ासकर' शब्द पर थोड़ा जोर देते हुए धीरज ने कहा।

जब धीरज अपनी बात कह रहा था उस समय शबीना अपने फोन में कुछ देख रही थी। धीरज की इस बात का कोई न उत्तर देकर शबीना अक्षत कि तरफ मुड़ी, अक्षत का हाथ अपने हाथ में लिया और उससे (अप्रत्यक्ष रूप से धीरज से) कहा,

"क्या आप वाकई जानना चाहते हो, कि मैं आप लोगों के साथ क्यों आई?"

धीरज इससे पहले कि शबीना की बात का कुछ मतलब समझ पाता, उसे खिड़की के बाहर से किसी गाड़ी के तेजी से ब्रेक लगाने कि आवाज़ आई।

'क...क्रीीssssच...'

अध्याय: १३

सूर्योदय या सूर्यास्त

एक आसमानी रंग की गाड़ी सड़क पर सरपट दौड़ी जा रही थी। करीब दस वर्ष पुरानी तो होगी, बंपर और पिछले दरवाजे पर कई खरोंचें देखी जा सकती थीं। वो ४०-४५ मील की औसत रफ़्तार से भाग रही थी, पहियों पर काफी कीचड़ लगा हुआ था। पीछे की तरफ देखने वाला शीशा भी टूटा हुआ था। कुल मिलकर थोड़ी खस्ता हाल में थी।

गाड़ी के अंदर की हालत भी कुछ ज्यादा अच्छी नहीं थी। वातानुकूलन वाला यन्त्र भी नहीं चल रहा था। एक पुराना सा टेप-रिकार्डर गाड़ी के डैशबोर्ड पर लगा हुआ था। एक छोटा सा पंखा भी था वह जोकि गाड़ी के बायीं तरफ आगे और पीछे की गद्दी के बीच वाले हिस्से में लगा हुआ था। वह पंखा घूम-घूम कर गाड़ी में चारों तरफ हवा फेंकने की कोशिश कर रहा था।

शबीना पिछली गद्दी पर अपने भाई शाबिर के साथ बैठी हुई थी। शादाब भी था वहाँ, चालक के बगल में सहयात्री वाली गद्दी पर बैठा हुआ था। गाड़ी का चालक कोई और नहीं, वही शाबिर का पड़ोसी मित्र था (वही लड़का जिसे राजीव ने बीती रात ज़हीर के घर पर देखा था)।

शादाब पीछे मुड़ा और शबीना की तरफ देखते हुए अपनी उँगलियों का प्रयोग करते हुए इशारे में कुछ कहा।

"हम्म," शबीना ने सहमति में सर हिलाते हुए कहा और शाबिर की तरफ मुड़कर बोली,

"देखा, मैंने कहा था न कि मैं अपना वादा निभाऊंगी... निभाया ना?"

"हाँ, बिलकुल, बाक़ायदे निभाया। मुझे मानना पड़ेगा कि आप और आपकी मदद से ही हम इस काम को अंजाम दे पाए हैं। वरना अब्बू तो इसके सख़्त खिलाफ थे,"

शाबिर ने कहा साथ ही उसके चेहरे पर एक रहस्यमयी मुस्कान दौड़ गई। शाबिर की बात ख़त्म होने के साथ ही गाड़ी में सवार सारे लोगों के चेहरे पर रहस्यमयी मुस्कान देखी जा सकती थी। शबीना ने अब गाड़ी की खिड़की से बाहर आसमान की तरफ देखना शुरू कर दिया था।

वहाँ आसमान में नारंगी, पीले के साथ-साथ और भी रंग दिखाई दे रहे थे, सूर्योदय हो चुका था। सूर्य बादलों को चीरकर बाहर आ चुका था, एक नए दिन की शुरुआत करने को। अब धीरे-धीरे आकाश में केसरिया रंग का असर कम होता दिख रहा था।

सूर्य ने चहुंओर अपनी किरणें बिखेरना आरम्भ कर दिया था, उनमे से कुछ किरणें राजीव के घर के अंदर भी प्रवेश कर रहीं थीं (उसी भोजन-की-मेज़ के साथ वाली खिड़की से होकर)। और घर के अंदर सिर्फ और सिर्फ एक ही रंग बिखरा हुआ था, और वह रंग था...*लाल*...